吉本隆明と共同幻想

Auslegung Yoshimoto Takaakis II

Junichi Takahashi
高橋 順一

社会評論社

吉本隆明と共同幻想＊目次

はじめに

『初期ノート』に残された詩篇や手稿の内容、あるいは後年の吉本自身による証言を信頼するならば、アジア・太平洋戦争の後半の時期に成年期を迎えた吉本隆明は、その当時天皇制国家の遂行するこの戦争に対して少なくとも精神的には全面的に賭けようとしていたと思われる。それは、たとえば一九四四年、二〇歳のときに編まれた『草莽』という詩集のなかの「草ふかき祈り」の次のような一節に現われている。「行けよ　祖国の山や河よ　億劫の年を世は変わるとも　おほきみの御光のさかひに沿ふて　巨きなる天然のまにまに行けよ(1)」。後年の吉本の天皇制批判を考えるならば、ここで「おほきみ」などという言葉が使われているのには率直にいってぎょっとさせられるが、ひとつ注意しておかねばならないのはこの詩集全体の基調が必ずしもそうしたところにあるわけではないことである。

この詩集のなかの多くの詩には、むしろ思春期から成年期に特有な自分の感受性や情感への全面的惑溺、沈潜が表現されているといったほうがよいように思う。とくにこの時期学んでいた高等工業学校のある山形県米沢市周辺の自然の風景や宮沢賢治から受けた影響の跡がそこには強く現われている。ようするにこの詩集から読み取ることのできるのは、思春期のある時期からごく自然に詩や小説の世界に親しみ始め、その影響で自分も詩を書くようになった、どちらかというと自分の外側の世界よりは自分自身の内面世界やそこに芽生えつつある感受性のかたち、情感のうねりといったもののほうに関心が向いているひとりの内省的な文学少年の肖像であるといってよい。

だがその一方で、次第に戦局が深刻化しつつあったこの時代の多くの青年たちと同様に吉本もまた、応召から戦地へ、そして死へという過程が自分のこれから辿るべき道としてあらかじめ定まっていることを強く意識していたに違いない。吉本にとって死はほとんど自明な既定の事実と感じられていたはずである。だとするならば吉本のなかで、応召から戦地へという道のはてに訪れる死を何らかの形で意味あるものにしたいという思いがつのっていったであろうことは容易に推測できる。おおかたの同時代の青年たちと同様吉本がそれを、当時の天皇制国家がまきちらしていた「聖戦イデオロギー」に求めたとしてもなんの不思議はない。もの心ついたころから吉本たちの周囲には戦争という現実しか存在していなかったのだから。ただ先ほども触れたようにこの時期の吉本は一方で、はじめて出遭った東北の自然と東北の自然がはぐくんだといってよい詩人宮沢賢治に触発されて、自らの思春期から成年期にかけての純粋な感受性や情感の世界におもう様浸っていたように見える。とするならば当時の吉本の内面のなかでは、既定の事実となっている死と、過剰なまでの感受性や情感への惑溺とが微妙に揺れ動きながら交差していたはずである。あるいは、三島由紀夫が書いているように、死というゴールが定まっているからこそ無限に自分自身の感受性や情感の世界へと沈潜していくことができたのかもしれない。いずれにせよ先に引用した詩句にはそうした振幅が含まれていると考えてよいだろう。

だがまもなく訪れる敗戦はそうした吉本の初期世界を根こそぎ覆してしまった。まず「聖戦イデオロギー」の崩壊がやってくる。おそらく感受性や情感の世界はもう少し生き延びたであろうが、それもまもなく敗戦後のざらつくような殺伐とした風景のなかへと溶解していってしまったに違いない。後に残されたのは自己の全面的な崩壊感覚と、何ものも信じることが出来ないという激烈な不信の意識だけだった。当時の吉本にとって、昨日の「聖戦イデオロギー」から今日の「民主主義」へと小器用な変身を遂げた自称民主主義者や自由主義者たち、「自分は戦争に反対し、ひそかに抵抗運動を行っていた」などといいながらいつのまにか論壇や文壇に回帰してきた転向左翼などは、不快感や軽蔑、より端的にいえば怒りの対象でしかなかったであろう。とはいえ自分自身の内部にいかなる意味でも自分を支えてくれる新たな根拠が見出されたわけでもなかった。

　自身の証言によれば吉本は敗戦直後、戦争期に傾倒して読んでいた蔵書をことごとく売り払い、代わりに国訳大蔵経を買い込んできて読みふけったという。おそらく吉本は、およそ感受性や情感とは縁のない、むしろそうしたものを扼殺しようとするかのごとき無味乾燥な漢訳仏典の世界に無理やり自分を押し込むことによって、純粋な感受性と情感からなる初期世界が失われ、「聖戦イデオロギー」にいかれた自分への違和感、不快感、そして周囲の世界への怒りだけが重く澱のように堆積する絶望的な精神状況に耐えようとしたのだろうと思う。『初期ノート』にはこんな言葉が残されている。「信ずるものひとつなく、愛するものひとつなく、そのうへ動かされる精神の状態がすべて喪はれた時、生きることが出来るのか。生きてゐると言へるのだらうか。世界は明日もこのやうに寂しく暗い[2]」。

　だがこのどん詰まりともいうべき極限的な精神状況のなかにあっても、吉本の思考が活動を停止することはなかった。『初期ノート』に残されている「箴言Ⅰ」「箴言Ⅱ」と題された草稿群はそれを物語っている。そこでは、「聖戦イデオロギー」にいかれた自分への嫌悪と、純粋な感受性と情感に彩られた金色の初期世界の喪失によって生じたとうてい埋めることのできない精神の内部の空洞へとまるで外科手術を施すように徹底的な内省のメスを加え、新たに自分を鋳なおそうとする模索の過程が刻印されている。だがその一方で凍えそうなくらい抽象的で苛烈な思考のリミットを示す言葉の連なりのあいだから、抑えようとして抑えきれない繊細な抒情性もまたはしばしで顔をのぞかせている。そこから見えてくるのは、やりきれないくらい暗く陰鬱であっても決してべとついたナルシシズムの世界へと閉塞することを許さない強靭な内省と、慄えるような抒情感覚の複雑な錯綜の形である。それは、吉本の第一詩集『固有時との対話』[3]の原型的な世界といってよいだろう。この「箴言」が書かれていた時期には、戦争期に書き始められた宮沢賢治についての論考をまとめる作業も行われている[4]。そこからは、かつて吉本を魅了してやまなかった東北の自然や、そこから生み出された賢治の詩と思想を通してえられたものを、目覚めつつあった思考の論理によって造型しなおそうとする吉本の切迫した息づかいが伝わってくる。それはもしかすると初期世界との決定的な訣れの儀式だったのかもしれない。そしてそれらの思考作業を通じて次第に吉本のなかで明瞭になっていったのは、新たな自己の発見のために自己と世界を総体的につかまえるための論理とヴィジョンがどうしても必要だという認識だった。「すべてを賭けて脱出しよう。僕にだつて夜明けは来ない筈はない」「論理はその極北において個性と出遭ふ。苦しいがそこまで行かう」[5]。この頃から吉本は経済学の本を読み始める。そして「日時計詩篇」[6]と題されることになる膨大な詩を日課として書き始める。これらによって吉本は世界を捉えるための総体的ヴィジョンと、初期世界の感受性や情感の先にある自覚的な意志の形を獲得しようとしたのだった。そしてそこに一個の啓示として現われたのが後でふれるようにマルクスの『資本論』に他ならなかった。マルクスの論理の力がようやく吉本に一個の支えをもたらしたのだった。詩人としての、そして思想家としての吉本の真の出発点はここに見出されるといってよい。

こうした敗戦後の吉本の内面の推移にはおそらくもうふたつほどの要素をつけ加えておかねばならないだろう。ひとつは、「聖戦イデオロギー」と初期世界の崩壊の後もなお残った死の問題である。死があらかじめ生の意味そのものを決定づけていた吉本たちの世代にとって敗戦後に残ったのは、何よりも戦争による同時代の多くの死者の存在から受け渡された、彼らの死の意味を明らかにしなければならないという課題であり、さらには生の風景そのものをつねに浸蝕し続ける死の執拗な影であった。「且て死を選択することのなかつた幸せな人にお目にかかりたい[7]」。前者が「聖戦イデオロギー」とそれをもたらした天皇制国家に対する精神的負債に由来し、後者が失われた戦争期の感受性や情感の底へと沈殿していった死の残影に由来することはいうまでもない。吉本にとって死はつねに回帰し反復される課題であり続けた。それは、後に触れるようにマルクスの読み方にさえ投影されている。

もう一点は、敗戦を経て大学に戻りそこを卒業した後に始まる苛酷な労働の日々の体験である。「大学を出たが、敗戦直後のことで思うような職がなく、新聞広告でスリーブをつくる町工場につとめたが、そこでの苛酷な労働条件は、三カ月しか身体をもたせなかった[8]」。個人の内面のドラマなどいっさい黙殺してはばからないいわば非詩的なものの極致としての労働の日々は吉本に、個人がありのままの形で社会的関係のなかへと入っていくことの意味を容赦なくたたきこんでいったに違いない。そしてその後に続く労働運動の体験は、戦前から戦争期をへて敗戦後にいたるまで労働組合の指導層に居座り続ける転向左翼への徹底した不信と、啓蒙や教化などによっては容易に変わろうとしない現場の労働者大衆への根本的な信頼感覚を吉本にもたらした。それは戦後の吉本の思想的歩みにとっての一貫した基調音となっていく。

戦争という破局に対する責任を取ろうとしない天皇制国家指導部の生き残りが占領軍とつるんで新たな権力の秩序を形成していく一方、虚偽や欺瞞をあたかも未来への明るい希望や展望であるかのように語るにわかづくりの左翼進歩派が跋扈する戦後という時代空間のなかで、吉本は「墓のなかから、戦争の大量な死のなかから甦ってきた(9)」異貌の詩人・思想家として戦後という時代へのもっともラディカルな異議申立人となっていく。

（1）『初期ノート』試行出版部 一九六四年 増補版 一九七〇年 光文社文庫版 二〇〇六年 五二八頁
（2）同前 四五頁
（3）『固有時との対話』私家版 一九五二年 『吉本隆明詩集』書肆ユリイカ 一九五八年（一九六三年思潮社版『吉本隆明詩集』として覆刻）『吉本隆明全詩集』思潮社 二〇〇三年
（4）「宮沢賢治論」『初期ノート』所収
（5）『初期ノート』八九頁および八五頁
（6）『吉本隆明全著作集』二および三 勁草書房 一九六八～九年 『吉本隆明詩全集』第二巻および第三巻 思潮社 二〇〇六～七年
（7）『初期ノート』七三頁

（8）「過去についての自註」『初期ノート』五五六頁
（9）埴谷雄高「吉本隆明『藝術的抵抗と挫折』」『埴谷雄高全集』第四巻　六四七頁　講談社　一九九八年

I　敗戦期におけるマルクス体験

(1)　論理の力

吉本隆明はその生涯においてマルクスの思想から二度にわたって大きな影響と触発を受けている。一度目は一九四五年のアジア・太平洋戦争の敗北直後の時期である。そして二度目は、戦後日本最大の政治闘争であった一九六〇年の安保闘争の後の時期である。そしてこの二度にわたる吉本のマルクス体験は、吉本の思想的骨格の形成の上で決定的ともいえる重要な役割を果たすことになった。より具体的にいうならば、吉本はこの二度にわたるマルクス体験を通して思想家としての出発点およびもっとも原型的なモティーフをつかみ取るとともに、ひとつの思想が成立するにあたって不可欠な条件となる世界認識のもっとも原理的な方法をも獲得したのだった。マルクスは文字通り思想家吉本の誕生の揺籃であり触媒だった。同時に吉本は、この二度にわたるマルクス体験を通して得た独特なマルクス思想の理解によって、戦後日本におけるもっともユニークなマルクス主義者[1]のひとりとなっていったのである。

まず敗戦直後の時期におけるマルクス体験から見ていってみよう。たとえば、この時期の吉本の思考過程の記録というべき『初期ノート』「箴言」のなかに、「カール・マルクス小影」という文章が残されているが、そこには次のような叙述が見出される。「若し論理が何らかの役割を果たすべきものとすれば、それはすべての動因を原理的なものの基本反応に還元し、その基本反応の組合せを以て普遍的であり、同時に近似的であるところの現象に対する一つの法則を獲得するにある。若し現象を論理的に解明しようと欲するならば、この基本反応に若干の偶然的要素を加へて、各人がなすところのものであると思ふ。資本論は正しくこのやうな抽象的といふことの持たねばならぬ重要さを具へていたと言ふことが出来る[2]」。

当時科学者の卵として電気化学を専攻していた吉本の姿勢が窺える文章といえよう。ここでいわれているのはそれほど特別なことではない。しかも「法則」というような言葉からは、当時の日本マルクス主義の主流が例外なく信奉していた科学主義の臭みさえ感じられる。私たちはここで、吉本がマルクスの『資本論』によって、原理的であるがゆえに抽象的である他ない論理それ自体の持つ力に目覚めたという事実だけを確認しておけばよいのかもしれない。だがこの文章と、同じ『初期ノート』のなかの次のような断章をつきあわせてみると事情は少し違ってくる。「一つの秩序は必然的に一つの思想的体系を要求する。秩序は支配する者にとって一つの自然であるが、被支配者にとっては巧まれた体系に外ならない[3]」。

ここでいう「秩序」という言葉はむろん論理体系の持つ秩序一般を意味していると考えることも出来る。だが後半に「支配する者」と「被支配者」という表現が出てくるのを考慮するならば、この「秩序」はむしろ支配秩序、ないしはある支配秩序のもとにある現実そのものを意味していると考えたほうがよさそうである。そして最後の文にあるように、この秩序は、支配する側にとっては

「自然」そのもの、言い換えればあるがままの現実であるのに対し、支配される側からは「巧まれた体系」、つまり人為的に作り出された論理や思想の体系として捉えられる。とするならば、この体系には両義的な意味が宿されていることになる。すなわち体系は、一方で支配者の側が自らの生み出した秩序を、あたかも一個の自然であるかのごとく仮構するための人為的手段としての「イデオロギー」体系を意味するとともに、他方では被支配者の側がその事実を暴くための自覚的な手段、すなわちイデオロギー批判としての「思想的体系」をも意味しているのである。

ここにマルクスが吉本に対してもたらした論理の力の持つ意味が現われている。一九六四年に刊行された著作『模写と鏡』に収められている「ある履歴」という回想的なエッセイのなかに次のような文章がある。「読書における戦争の自己批判は、まず、おれの視野はせまくおれが宇宙だとおもっていた世界のほかに、宇宙はいくつもあることを知らずにずり落ちていたというところに集中された[4]」。ここで「おれが宇宙だとおもっていた世界」といっているのが、戦争期の天皇制国家だったことはいうまでもない。別なところで吉本が、「戦争直後のこれらの彷徨の過程で、わたしのひそかな自己批判があったとすれば、じぶんは世界認識の方法についての学に、戦争中、とりつかれたことがなかったという点にあった。おれは世界史の視野を獲るような、どんな方法も学んでこなかったということであった。ひそかに経済学や哲学の雑読をはじめたのはそれからであり、わたしは、スミスからマルクスにいたる古典経済学の主著は、戦後、数年のうちに当っている[5]」ともいっていることと併せて考えるならば、マルクスのもたらした論理の力の意味がよりいっそうはっきりと見えてくる。これらの文章のなかで吉本は、少なくとも主観的にはよく考え抜いた上でアジア・太平洋戦争を「聖戦」と判断し、天皇制国家に全面的に加担したと思っていた戦争期の自分が、じつは「世界認識の方法」に無知であったため盲目的な迷妄状態へ陥っていただけにすぎなかったことを痛切に自覚しているが、その自覚をもたらしてくれたのがマルクスの論理の力だったのである。支配者としての天皇制国家によって強要された「自然」を、「巧まれた体系」として相対化するためには、さらには「自然」として見えることに馴らされ盲目化していた自分を「自己批判」するためには、どうしてもマルクスの論理の力が必要だった。

（1） 吉本自身は自らをマルクス主義者と呼んだことはない。またしばしば吉本に対しては「マルクス者」と言い方がされてきた。しかしここでは分かりにくさを避けるため「マルクス主義者」という言い方をしておく。
（2）『初期ノート』一一二〜三頁
（3） 同前 一〇七頁
（4）『模写と鏡』春秋社 一九六四年 三八五頁
（5）「過去についての自註」『初期ノート』所収 五五四〜五頁

(2)「マチウ書試論」

敗戦期におけるマルクスからの影響は吉本のなかでやがて、より意識的、自覚的な思想的態度、さらには方法の問題へと深化されてゆく。その結節点となったのが一九五四年に発表された「マチウ書試論」という評論である。(6)「マチウ書」、すなわち「マタイによる福音書」について論じたこのテクストが、文字通りの意味で思想家吉本隆明の誕生を告げるモニュメントとなる。

　思想家としての出発を遂げつつあった吉本にとって、敗戦後のいわゆる戦後革命期とその後の逆流の時代を経たこの時期における最大の課題は、自身を盲目的な迷妄状態へと追いやった天皇制国家と真の意味で対決することだった。その課題への取り組みの跡は『初期ノート』の「箴言」のいたるところに見出すことが出来る。だが同時に、対決が真の意味での対決でありうるためには、対決を対決たらしめる深い思想的根拠が必要なことも吉本は痛切に自覚していたはずだった。というのもかつて真の対決の媒体と吉本が信じていた、二・二六事件における青年将校の反乱に象徴される昭和超国家主義運動が、その主導的な理念である農本主義思想ともども結果的には天皇制国家の支配理念や秩序の正統化の論理にしかなりえなかったという苦い過去があるからだ。主観的には正義に基づく秩序への反逆であると信じていたものが、意識的にか無意識的にか、秩序への加担に変質してしまうという事態が示しているのは、農本主義思想だけでなく、「日本」を否定するラディカルなモダニストとして出発しながら天皇崇拝に転じていった高村光太郎や、新感覚派の前衛主義者でありながらファナティックな国粋主義者に転じた横光利一のような文学者たち、そしてかつて天皇制国家へのもっともラディカルな反逆を企てながらなだれをうつような大量転向と天皇制国家への積極的な加担のなかで壊滅していった共産党を中心とする日本マルクス主義革命運動にも共通して現れている日本の思想風土の宿命的な負性であった。とくに日本マルクス主義革命運動の惨めな敗北は、マルクスから決定的な影響を受けつつあった吉本にとってもっとも深刻な問題であったはずである。この問題の克服ぬきには天皇制国家との対決もその思想的根拠の確立も不可能だったからだ。なぜ共産党を中心とする日本マルクス主義革命運動は、あるいはそれを支えていた思想はかくも無惨な敗北、壊走へと向かわねばならなかったのか。しかも吉本の前には、戦後になって再建された共産党を中心とする左翼勢力による戦後革命の過程がふたたび惨めな敗北と壊滅へ至ろうとする現実が存在した。だがマルクスではないが、一度目は悲劇でも二度目は喜劇でしかありえないのだ。共産党の軌跡が示しているのは負性の構造の根本的な克服ぬきに繰り返される敗北の無意味さ、不毛さという悲喜劇に他ならなかった。

後で触れる「転向論」にもあるように吉本は、自分自身のマルクス体験を通して、こうした敗北の過程がたんに物理的な弾圧による敗北の結果というよりも、むしろ戦争前の日本革命運動を支えていた日本マルクス主義に内在する思想的な欠陥に基づいていることを自覚する。天皇制国家との真の対決、真の反逆＝革命の達成のためには、まずこの日本マルクス主義に内在する思想的欠陥、脆弱性を普遍的かつ原理的な批判によって根本から止揚することが必要だった。こうした課題への取り組みの原理的出発点、端緒に位置するのが「マチウ書試論」に他ならない。

そこに表現されている吉本の思想家としての出発点の持つ意味を精確に捉えるために、まず「マチウ書試論」より五年前の一九四九年に書かれた「ラムボオ若しくはカール・マルクスの方法についての諸註」と題されたエッセイを見ておきたいと思う。明らかに戦争期に大きな影響を受けた小林秀雄の文体の模倣の跡が強く感じられる、いかにも若書きという印象に強いこのエッセイには、しかしながらマルクスとの出会いの意味とともに、「マチウ書詩論」の原型となる発想やモティーフがほとんど完全な形で表現されており、敗戦期の吉本の思想的軌跡を辿る上で、たんなる習作というだけにとどまらない重要な意味を持っている。

たとえば次のような文章がある。「懐疑は単に懐疑としてとどまる限り、何ら積極的な生存の原理とはならぬのだがこれを歴史と現実とに対する不信の表現と解するならば孤独のうちに闘われる宿命の理論の形式に外ならぬ。斯かる形式が所有する苦痛と困難とは、虚無という一つの場を得て止揚される。それ故虚無とは確信の困難な持続を指すので、断じて敗北の意味を成さぬ。あらゆる思想は虚無を脱出する所に始まるのかも知れない。だが虚無の場からする抵抗の終る所に宿命の理論はやむのである。宿命の理論のやむ所に、芸術の思想もまた終るのである。斯かる芸術の本来的意味は、マルクスの所謂唯物史観なるものの本質的原理と激突する。この激突の意味の解析のうちに、僕はあらゆる詩的思想と非詩的思想との一般的逆立の形式を明らかにしたいのだ(7)」。

小林秀雄の「アルチュウル・ランボオ(8)」を思わせる文体にはやや苦笑を禁じえないものの、ここでいわれていることは吉本の思想的出発点を考える上でたいへん重要な意味をもっている。いうまでもなくポイントは、「詩的思想と非詩的思想との一般的逆立」というところにある。前者がランボーによって、後者がマルクスによって象徴されていることはいうまでもない。そして「詩的なもの」と「非詩的なもの」というふたつの極のあいだの関係を表わす「逆立」という概念は、後に吉本の主著である『共同幻想論』のキーコンセプトにもなる。

ここでまず問われなければならないのは、「歴史と現実とに対する不信の表現」としての「懐疑」の宿る場である「虚無」に向かう「宿命の理論」が「やむ」ところから「思想」が始まる、という認識である。それは「芸術の思想」の終るところから、とも言い換えられている。この「宿命の理論」という言葉は、いうまでもなく小林の批評のキーワードのひとつである。人間の精神が自らを全面的に魅了し恍惚とした没我へと追いやる対象にぶつかったとき、その精神を取り巻いているあらゆる現実的な関係性、さらにはそれが必然的に負っている相対性が消え、精神と対象（小林の場合であれば芸術作品）のあいだの絶対的な、いいかえれば「虚無」としての「孤独」のなかで完全に充足する関係が現出する。小林の批評はこうした関係を可能にしてくれる作品との出会いによって成立する。すなわち対象としての作品から訪れる衝撃や触発が精神を絶対的な形で拘束し、相対性に属する現実的な関係性の世界のすべてを消し去ってしまうような「虚無」としての「孤独」の経験が生じたとき、小林の批評精神ははじめて動き出すのである。こうした経験のあり方が「宿命」に他ならない。いかなる他への還元も許さない絶対的「虚無」としての「孤独」のうちにある精神、つまり絶対的な唯一性としての精神による外部の現実世界を一挙に消去するような運動の現出が「宿命」の意味となる。小林におけるドストエフスキーや西行、モーツァルトとの出会いの意味はこうした「宿命」の発見にあった。それが同時に「芸術の思想」ないしは「詩的思想」の出現であるとすれば、ここで「逆立」という言葉の意味も明らかになる。

「逆立」とは、一方の側に立つとき、他方が消去される関係のあり方を示す概念なのだ。それは同時に、個体に宿る精神が、社会的現実とのあいだの相対的な関係を残したまま、そうした社会的現実に向かって反逆したり抵抗したりすることを「逆立」の意味と考えてはならないことを示している。それでは両者の両立が前提とされてしまうからだ。「宿命」をもたらす経験を通して精神が、「虚無」としての「孤独」のうちで絶対的な充足を得る瞬間、その対極にある「歴史と現実」、すなわち社会的な関係性や共同性の世界が一挙に消去されること——、これが、「逆立」の意味に他ならない。だからこそ「虚無の場からする抵抗」において、たんなる反逆やその挫折であることが「止揚され」、「確信の困難な持続」となることで、この抵抗は「敗北」たることを否定されるのである。端的にいえば、芸術をそれ自体で扱うとき、社会的現実のほうは消失するし、またそのように扱われねばならないのだ。小林のいう意味での美的経験の本質はそこにある。

と同時に、この個体に宿る精神と社会的現実のあいだの絶対的な「逆立」の関係は逆からも捉えられねばならない。つまり「芸術」をめぐる美的経験が消えて「思想」が始まろうとするとき、「宿命の理論」はやみ、「芸術の思想」「詩的思想」は終らねばならないのだ。それは、「思想」の側に立とうとするとき、「芸術の思想」「詩的思想」は消去されねばならないということを意味する。ここで「思想」と名指されているものがマルクスの「唯物史観」であることはいうまでもない。吉本はマルクスについてこういっている。「マルクスにおいては存在と意識との間に何の爽雑物も含んでいない。存在即ち人間生活を表現する方法は即ち意識そのものであり、これ以外の何ものでもない。ここに唯物弁証法の思想的方法は定著されなければならない[9]」。

ここには明らかに、小林がマルクスを正面から論じたおそらく唯一のテクストといってよい「マルクスの悟達[10]」からの影響を見ることが出来る。「マルクスの悟達」のなかで小林は、『ドイツ・イデオロギー』の一節「意識とは意識された存在である（Das Bewußtsein ist das bewußte Sein.）」を引いて、ここにマルクスの思考の核心があると述べている。意識が意識された存在であるとすれば、意識は存在の物質性に完全に還元される。もはやことさらに精神だとか思惟だとかいう必要はない。

「存在即ち意識」、それだけで十分だということになる。このようなマルクスの「悟達」の立場に立つ限り、精神の側は全面的に消去されてしまう。今度は「詩的思想」に対して「非詩的思想」が「逆立」するのである。この問題は、「マチウ書試論」においては「観念の絶対性」ないしは「恣意性」と「関係の絶対性」の逆立の問題として現われる。

敗戦は吉本にとって、「聖戦イデオロギー」と純粋な感受性や情感に彩られた内部世界との一体的な充足が、あたかも壁に投げつけられた卵のように脆くも砕け散る瞬間を意味した。敗戦という巨大な「非詩的」現実の出現に対して吉本の「詩的」精神はほとんど無防備に等しかった。だとするならば、「非詩的」現実が「詩的」精神をのみこみ破壊する「逆立」の意味を本質的に捉えることの出来る論理が、「非詩的」現実への対抗のためにどうしても必要なことになる。それを持たない無媒介な「詩的」精神は無力でしかないからだ。この論理は語の真の意味で唯物論的であらねばならない。ここに吉本の敗戦期におけるマルクスの唯物論との出会いの意味があったといえるだろう。

(6)『藝術的抵抗と挫折』所収　未來社　一九五九年
(7)『擬制の終焉』現代思潮社　一九六二年　三五二頁
(8)『小林秀雄全集』第一巻所収　新潮社　二〇〇二年
(9)『擬制の終焉』三五四頁
(10)『小林秀雄全集』第二巻所収

(3) 日本マルクス主義の思想的負性

『初期ノート』によれば、戦後の精神的彷徨の時期に、吉本は大乗仏典や経済学の諸著作と並んでキリスト教にも接近している。教会に通って牧師の説教も聞いたという[11]。だがそれは吉本の極限にまで達した精神の危機状況を救うのには何の役にも立たなかった。それどころか吉本には、現実のキリスト教徒たちがキリスト教の本質をめぐってとんでもない錯誤を犯しているのではないかと思われてならなかった。いずれ吉本が聞いたのは、教会の牧師たちの「愛」だとか「赦し」だとか歯の浮くようなせりふが頻発される凡庸極まりない話だったに違いない。そんなものがキリスト教の本質と何の関係があるのか。吉本は、『新約聖書』、とりわけ「マタイによる福音書」をフランスの神学者アルトゥール・ドレウスの著作を手がかりにしながら独力で読み込むことによって、キリスト教の本質に関する明瞭な認識を得ようとする。やがてそれは吉本のなかでひとつの思想的モティーフへと凝縮していく。そのモティーフを具体的に展開しようとしたのが「マチウ書試論」に他ならなかった。

「マチウ書試論」が具体的に問おうとしたのは、古代イスラエルの地において形成されたユダヤ教と原始キリスト教と呼ばれる二つの思想のあいだの相剋の問題である。より端的にいえば両者の近親憎悪の問題と言い換えてもよい。なぜならユダヤ教も原始キリスト教も当時のローマによるイスラエル支配への反逆の思想、反体制思想という点では共通しているからである。にもかかわらず後から来た原始キリスト教はユダヤ教に激しい攻撃をあびせる。なぜ原始キリスト教は同じ反逆の思想であるユダヤ教を攻撃しなければならなかったのか。そこで生じている近親憎悪の本質的な契機とは何か。

原始キリスト教が誕生した当時、ユダヤ教はイスラエルのユダヤ人社会の現実的な秩序の柱でもあった。したがって原始キリスト教のユダヤ教への憎悪はそうした秩序への反逆の志向として捉えることも出来る。だがそれ以上に重要なのは、それが同じ反逆するものどうしの近親憎悪でもあるという事実である。なぜならそれこそが吉本の「マタイ」への関心の中心テーマだからである。

今この構図を吉本が帰属している敗戦後の日本の状況にあてはめてみよう。するとそこに次のような問題の構図が浮かび上がってくる。戦前の日本社会には、すでに触れたように共産党を中心とするマルクス主義に基づいて天皇制国家に反逆しようとする革命運動が存在した。しかしそれは天皇制国家に敗北する。敗北するだけでなく転向を通して積極的に天皇制国家に協力する。つまり彼らはただ敗北しただけでなく、天皇制国家への加担にまで進んだのだった。そして日本は戦争へと突入してゆく。戦争がもたらした破局に対して、それを阻止しえないばかりか積極的に協力した戦前の転向マルクス主義者たちは当然この事態に対して深刻な責任を負っているはずである。だが彼らは戦争が終わるとすぐに解体された共産党を再建し、戦後革命運動へと戦前と同じ形でのり出していった。天皇制国家に対する戦いがなぜ敗北したかの痛切な反省もないまま、である。そして再建された共産党は第二次世界大戦終結時にすでに始まっていた冷戦の下での自由主義陣営と社会主義陣営の対立に対し、何ら有効な方針を打ち出すことが出来ずふたたび戦後革命に失敗する。一九四七年の二・一ゼネストの挫折からレッドパージへ至る過程はそれを証明している。しかもその間に共産党はアメリカ占領軍を「解放軍」として規定し、占領下における平和的な革命の成就さえ夢想したのだった。対象が天皇制国家からアメリカ占領軍へと変わったにせよ、共産党がふたたび反逆・抵抗と加担の循環を繰り返したことは明らかである。こうした戦後革命運動の混乱と敗北が露呈したのは、敗北から転向、そして加担へと進んでいった日本マルクス主義がその思想的欠陥、脆弱性を何ら克服することなくいたずらに誤りを再生産し続けたという事実に他ならない。

吉本がこのことに対し強い怒りと憎悪を抱いていたのは、『初期ノート』の記述や後に書かれたテクストのなかに散見されるこの時期を回想した文章からうかがい知ることが出来る。戦争によって最も深刻な影響を受けた世代に属する吉本にとって、戦争を引き起こした天皇制国家を根底的に解体するための戦後革命は必須の課題であった。にもかかわらず自らの思想的欠陥、脆弱性を克服しえないままふたたび戦後革命に敗北していく日本マルクス主義思想および運動は、天皇制国家を支えてきたイデオロギーとともに日本が抱える思想的負性の象徴そのものであった。ここに吉本の怒りと憎悪は向けられていたといってよい。

「マチウ書試論」において、原始キリスト教のユダヤ教に対する近親憎悪と重ねあわされているのはこの怒りと憎悪に他ならない。原始キリスト教のユダヤ教に対する近親憎悪もまた、当時のユダヤ教がローマによる侵攻と迫害に抵抗しながらも敗北し、ローマによるイスラエル属州支配の一端を担うようになったという反逆と加担の循環する事態に向けられていたからだ。戦後革命が真の意味での反逆、革命となりうるためには、戦前の革命運動が反逆から転向へ、そして天皇制国家への積極的加担へと向かっていったその推移の過程の根本原因をはっきりさせたうえで、戦前の革命運動の担い手たちの敗北に対する責任を明らかにし、それによって彼らの抱えている思想的負性を克服することがどうしても必要なはずだった。そうでなければ反逆と加担の循環は再生産され続けるだろうからである。だがそれは彼ら自身の手では行われなかった。その結果戦後革命が敗北したのはすでに見てきた通りである。だとすれば、この反逆と加担の循環を断ち切るためには、原始キリスト教がユダヤ教に対して行ったように彼らを徹底的に追及し攻撃するしかないではないか。これが後に行われる吉本のプロレタリア文学者の転向と戦争加担の責任追及へとつながってゆく[12]。それは現象的には、戦後革命運動に憎悪にもとづく分裂と相剋をあえて持ち込む行為に見えた。この憎悪が、革命の敵である天皇制国家に向けられたものではなく、形のうえでは同じ革命を目ざすものに向けられたものだったからである。たとえ中身がどうであれ、それは外面的には同じ反逆思想に対する内部からの攻撃にしか見えなかった。共産党やその周辺にいる理論家、文学者たちからの吉本への異端審問にも似た攻撃が始まる。そしてこのことが、吉本に対する左翼革命運動内部の統一をかき乱す分裂主義者、異端分子というレッテルはりにつながっていく。花田清輝に代表される既成左翼との激烈な論争の発端はここにあった。それはまさに異端の思想家吉本隆明の誕生の瞬間だった。

(11) 「読書について」『模写と鏡』所収 徳間書店 一九六四年 参照
(12) 『文学者の戦争責任』(武井昭夫との共著) 淡路書房 一九五六年 なお吉本の論文は後に『藝術的抵抗と挫折』および『抒情の論理』未來社 一九五九年 に再録される。

(4) 観念による現実否定の「倫理」

ここで「マチウ書試論」にそくしつつ問題をさらに思想的に掘り下げてみたい。そこでまず問われなければならないのは、原始キリスト教が抱くユダヤ教への近親憎悪から見えてくる本質的な問題とは何かである。

吉本が原始キリスト教のユダヤ教に対する近親憎悪から思想の問題として抽き出してくるのは、ユダヤ教のなかにある、社会の現実のなかで生活しながら規範を確立し、それによって一定の秩序を形成していくという発想そのものへの原始キリスト教の敵意の意味である。別な言い方をすれば、反逆思想としての原始キリスト教は、ユダヤ教のなかに残る神への信仰と現実の生活や社会秩序との調和的な関係そのものを、反逆（革命）に対する本質的な裏切り、「偽善」と見なしていたということである。ユダヤ教においてそうした思想と現実の調和的な関係のかなめになるのは「律法」であった。神の言葉である律法は、そのまま現実の社会において人間が守るべき規範となる。つまり律法においては、神の言葉という観念と社会的現実性の次元に定位される規範が矛盾なく一致するのであり、それによって信仰と現実の調和が実現されるのである。

原始キリスト教がユダヤ教への攻撃において中心的な目標としたのが律法だったということは、原始キリスト教が、ユダヤ教に残る、律法を通して信仰と現実のあいだを調和させようとする発想そのものを「偽善」の根源と見なして攻撃したことを、そしてそれによって信仰から現実への橋渡しとなる律法の論理＝倫理を解体しようとしたことを意味する。原始キリスト教は、自然でありのままの生活とそのなかにいる人間の存在が形づくる現実に対して、神への信仰という観念の側から、現実の生活や人間の存在よりも信仰という観念の世界のほうが絶対的に優先しなければならないという非現実的で不自然な「倫理」を持ち込んだのだった。つまり律法という間接的な媒体によって信仰と現実を調和させる代わりに、信仰を直接現実にぶつけることによって現実そのものを滅却させようとしたのが原始キリスト教の「倫理」だったということである。これが観念と現実の「逆立」を意味することはいうまでもない。そしてこのような「倫理」がそうした現実や人間存在に深刻な分裂や葛藤を生じさせることもまた不可避的であるといってよい。そして吉本は、この分裂や葛藤を生じさせること、言い換えれば「逆立」を生み出すことに原始キリスト教の近親憎悪の思想的意味を見出したのだった。

すでに触れたようにユダヤ教もまたもともとはイスラエルを支配する異民族に対する反逆の思想だった。しかしユダヤ教は律法を設定することによってその思想を現実の秩序と調和させた。しかし原始キリスト教はそうした秩序との調和をいっさい許さないところまでその信仰の倫理を急進化させようとする。「原始キリスト教は単に存在する現実を、人間の実存の意識と分裂させるために、倫理というものを社会秩序と対立するものとして把握する。なんとなれば、現実的な秩序というものは、かれらによって動かすことのできないものとして考えられていたからである。ここから現実的に疎外され、侮蔑されても、心情の秩序を支配する可能性はけっしてうばわれるものではないという、一種のするどい観念的な二元論がうまれ、現実的な抑圧から逃れて、心情のなかに安定した秩序をみつけ出そうとする経路がはじまる。このような思想の型がうまれた背後には、外敵の侵入や、ローマ的な秩序からの圧制に悩んだイスラエル民族の苦しい現実的な情況があったにちがいないし、原始キリスト教が、迫害とユダヤ教との殺人的な思想的抗争を排除しながら、その教義をうちたてていったのも、そのような情況においてであった。よく知られているように、ユダヤ教がその律法の倫理を社会化することによって、ひとびとの生活を規定していったとき、神にたいする精神の倫理は、しだいに俗化してゆくことは避けられなかった。言わば、信仰という神と人間の関係がそのまま、人間と現実との関係におきかえられてしまう。原始キリスト教は、この精神の俗化というものを、神と人間の関係と、人間と現実との間の関係との、分裂としてとらえ、そこにかれらのいう精神の王国にたいする悪しき徴候をみつけたのである。このような原始キリスト教の発想は、神、人間、現実、を強く直結することをゆるさないような、転換期の現実的な情況のもとでしかあらわれないことは言うまでもない。かれらは、神と人間、人間と現実、のあいだの関係を、するどく、対極的に分離し、それらが和解することのない関係であることを、えぐり出してくる。原始キリスト教は、ここでユダヤ教における律法の社会化された倫理を無視して、神と人間のあいだの、いわば心情の律法とも言うべきものを選択し、拡大していった。現実にたいする心情のメカニズムの複雑化、または倒錯というような、原始キリスト教義の心理的特徴は、その必然的な結果であり、これは、かれらが現実から迫害されることによって、身につけた心理的コムプレックスによってささえられたのである[13]」。

現実から迫害され疎外されながらも、けっして現実への反逆の意志を捨てようとしない人間にとっては、「精神の王国」「心情の律法」という言葉によって吉本が示そうとしている観念の砦が反逆の根拠として是非とも必要だった。この砦は、精神や心情、つまり信仰の観念の世界の側から逆に現実世界を徹底的に疎外し消去してしまうことによって、現実と完全に分離された自分自身の内部世界としての「精神の王国」「心情の律法」を絶対的なものとして確立し、さらにこの「精神の王国」「心情の律法」のほうが現実の世界に対して優位に立つことを正当化する「倫理」のよりどころとなる。これはたんに宗教だけの問題ではない。「神」という言葉を「革命」とおきかえ、「転換期」を吉本が現に生きている「敗戦期」におきかえるならば、この問題はそのまま吉本自身の問題になる。そこではユダヤ教が、転向と加担によって天皇制国家の「現実」に屈服した日本マルクス主義の比喩となることはいうまでもない。もちろんより普遍的に拡大していけば、権力や支配によって成立するすべての現実的秩序、あるいはそれへの屈服と加担を意味していると考えることもできる。たとえば「マタイによる福音書」が執拗に展開する、原始キリスト教の教義が旧約聖書の預言の実現であるという論理は、現実のこの世界にはまだ存在していない、言い換えれば「預言」という形でしか、つまり観念や理念という形でしか存在し得ない「革命」、あるいは「革命後のユートピア」の側から逆算する形で今ある現実を裁断しようとする原始キリスト教の倒錯した発想を表わしている。預言は信仰の「倫理」による現実の裁きのための法廷であり、預言の成就は信仰の「倫理」を前にして現実が裁かれ滅却される瞬間を意味するのである。

(13)『藝術的抵抗と挫折』一一五〜六頁

⑸「関係の絶対性」という視点

だがこうした原始キリスト教の発想には重大な盲点が存在することを同時に吉本は指摘する。それは、原始キリスト教がよりどころとする「精神の王国」「心情の律法」がどのように厳しく現実と対立するように見えたとしても、原始キリスト教自身もまた何らかの形でその現実のなかに存在しているのであり、そのことによって現実の側から必然的に影響を受けてしまうという事実である。つまりはユダヤ教がそうだったように、原始キリスト教もまた現実を前にして俗化や堕落、言い換えれば反逆と加担の循環へとおちいる危険につねにさらされているということである。もし原始キリスト教が見ようとしなかったことがあるとすればそれは、人間の観念や理念が現実の前ではきわめて相対的なものでしかないという事実だった。たとえば、人間は反逆の意志を抱いていても日々平穏に暮らすことができるし、逆にどんなに平穏に暮らそうと思っても、現実が強いる条件によっていやおうなく動揺や混乱におちいったり、ときには反逆に立ち上がったりすることもありえる。その意味でこの現実に対して人間の抱く論理や思想は相対的でしかありえないのである。「人間の心情と現実とのあいだには一まいの壁がある。マチウ書はそれをコップと皿とによって象徴させている。現実の秩序にのっとって心情の秩序がさだまるというのが、ユダヤ教の思考の型であり、原始キリスト教はまったくそれを逆むきに考える。現実の秩序にのっとって、若し心情の秩序がさだまらないとすれば、それは原始キリスト教が攻撃するようにユダヤ教の不義のためではない。それは人間の存在にまつわる相対感情のせいであり、原始キリスト教とてもそれを避けることが出来なかったのだ。つまり、外はきれいにして、内がわで掠奪と放縦がみちているのは原始キリスト教とて同じことなのである。原始キリスト教が、いわば観念の絶対性をもって、ユダヤ教の思考方式を攻撃するとき、その攻撃自体の観念性と、自らの現実的な相対性との、二重の偽善意識にさらされなければならない。かれらの性急な鋭い倫理性からやってくるもので、かれらが、罪の意識を導いたのは、それにおびやかされた結果である」(14)。

かつてキリスト教倫理の偽善性をもっとも鋭く暴いたのは『道徳の系譜学』(15)におけるニーチェだった。このときニーチェがとったのは、キリスト教道徳の核心をなす罪の意識の正体を暴くというやり方だった。ニーチェは罪の意識の正体を「負債」の意識に求める。このときニーチェが着目したのは、ドイツ語で「罪 Schuld」と「負債 Schulden」が同じ言葉になるという事実だった。では罪が負債であるというのはどういうことか。それは罪が、負債を負うことによって生じる借り手の貸し手に対する「負い目・後ろめたさ」の意識、つまり「疚しい良心」から生じるということに他ならない。受難の前夜、イエスがユダの裏切りによって逮捕されたとき弟子たちは皆イエスのもとを逃げ去った。イエスの一番弟子であったペテロは問われてイエスを知らないと三度うそをついた。信仰の相対性がこれ以上ないほどに鋭く暴かれたこの場面にその後のキリスト教が負った負い目＝罪の根源が現れている。この瞬間以後全キリスト教徒はイエスに対して負い目＝負債を負ったのである。それが原罪の起源となる。それは、どんなに「精神の王国」「心情の律法」のうちに立てこもろうとしても苛烈な現実がおしよせてくればそんなものはもろくも崩壊してしまうという、人間存在の相対性から来る負い目＝負債である。イエスにもっとも忠実であるはずの弟子たちですらその相対性に耐え切れず裏切りを犯してしまうのだ。だからこそこの負い目＝負債は人類に普遍的な罪である原罪として認識されなければならなかったのである。

だが現実のキリスト教は、自らの倫理をこのような苛烈な相対性にさらし続け、その自覚の証を罪＝原罪という形で自らに刻印し続けたわけではなかった。キリスト教が実際に行ったのは、信仰が相対性にさらされ崩壊する過程でその担い手の各々が負う「負い目＝原罪」を、「疚しい良心」の密かな共有による互いの罪の赦しあいに変えてしまうことだった。いわば弱者の「傷の舐めあい」である。あまつさえキリスト教はこの弱者相互間の赦しあいを規範化し絶対化することによって自分たちの共同性の基盤と形をも創成したのである。その過程はユダヤ教における信仰と現実の調和（じっさいには現実への屈服）の媒体としての律法の確立過程とそっくり同じである。その共同性が「宗派 Sekt」、すなわち党派性としての共同性であることはいうまでもない。キリスト教のいう「愛」も「道徳」もみな、「負い目＝原罪」の暗い記憶に起源を負う弱者の「傷のなめあい」とその規範としての絶対化から生じたものだった。ここに、後に吉本にとって重要な問題となる党派性の起源にまつわる秘密が隠されているといえるだろう。ニーチェはキリスト教道徳の根底にあるこうした負い目＝負債の意識をさんざん嘲弄したが、そこには思想と現実の関係を考える上で見過ごせない問題が潜んでいることも事実である。

吉本によれば、キリスト教の歴史のなかでもっともラディカルに信仰＝観念の相対性を認識していたのが「マタイ」の作者だった。彼は、人間の観念にしのびよる相対性のわなをこれでもかこれでもかと暴いてみせる。吉本がいうように「マタイ」の作者は、人間の心理にひそむ相対性を、もっと正確にいえば、相対性にたえずさらされているために起こる裏切りや偽善や罪の意識といった人間心理の暗黒面を探り当てることにかけては天才的だった。たとえば、イエスが故郷のナザレにいったとき、「あいつは大工のヨゼフの息子だ」といわれた瞬間奇蹟を行えなくなったと記されている。故郷の現実においてはイエスといえどもその存在が現実の関係の側から相対化されざるをえなくなる。そうした相対化のなかでは信仰という観念の絶対性など成り立つはずがないことを「マタイ」の作者はよく知っていた。すでに見たように、あえて不自然な観念と現実の転倒を行わなければ信仰という「観念の絶対性」は成立しえないからである。だが現実の相対性を攻撃する「観念の絶対性」自身が相対化にさらされることもまた、それが現実の関係のうちにあるかぎり不可避的である。「マタイ」の作者、すなわち原始キリスト教の思想に盲点があったとすれば、このことを十分に洞察し切れなかったことだった。いや、単純に盲点といってはならないのかもしれない。むしろ意識的にそれを「疚しい良心」へとすり替え、それを党派性の根拠に仕立て上げたというべきだからだ。おそらく「マタイ」の作者自身はそんなつもりはなかったに違いない。だが実際にその後のキリスト教の歴史はそのことを証明しているといってよい。

いったん「疚しい良心」の密かな共有とその規範としての絶対化（「原罪」の承認をもってキリスト教徒であることの証とすること）が確立すると、キリスト教は二度と自らの党派性の暗い起源を問うことはなくなったし、問う必要がそもそもなくなったのである。たぶんこのしくみを作ったのはパウロである。パウロは古代イスラエルの地を離れて地中海世界に布教の拠点を構えることによって、古代イスラエルの地に根ざしていた原始キリスト教の暗い近親憎悪の論理と倫理を徹底的に相対化していった。観念の苛烈さ、反自然性ではなく、「疚しい良心」を負う「弱さ」のひそかな共有に信仰の根拠を置くことによって、逆説的に「疚しい良心」の起源を問うことを封印したのである。パウロとともに「マタイ」の作者の鋭い相対性の認識が失われていくのは不可避的だった。というより「マタイ」の作者の鋭い批判と攻撃がキリスト教自身に向けられる必要がなくなったのである。

それはキリスト教自身が現実の秩序そのものと化していったことを意味する。自分自身の相対化の視点の無化がそれをもたらしたのだった。教会が建てられ組織が出来上がり、偽善は忘却されて堂々たる教義の体系におきかわる。観念は現実と地続きになり、キリスト教は現実の相対性のうちへと堂々と居直っていく。たとえそれに対して疑問をもったとしても、「マタイ」の作者の鋭い目と自己相対化の視点をもたなければもうひとつの偽善が生まれるだけである。

吉本は、キリスト教の歴史が生んだ人間類型を、「ルター型（人間は相対感情に左右されるはかない存在という認識に安住する）」「トマス・アキナス型（権力と結んで秩序を形成しそこに居座る）」「フランチェスコ型（意図的に秩序からの疎外者になる）」の三つに分類しているが、[16]この三つのタイプに共通しているのは、観念の絶対性と現実の相対性が激しくぶつかりあう場面を見ようとしていないことである。そこにはもはや「マタイ」に存在した本質的な意味での反逆の契機は存在していない。それどころかキリスト教は現実を支配する秩序の道具へと転じたのだった。そしてそれを避ける手段は現実から逃げ出すことのなかにしかなかった。

こうした偽善はそのまま革命運動の歴史にあてはまる。たとえばマルクスはまさにイエスであり、同時に「マタイ」の作者だった。その鋭い洞察力は同時代の「ユダヤ教徒」であるリカードやJ・

S・ミル、さらには様々な社会主義運動にひそむ偽善を容赦なく暴いた。だが革命の「パウロ」たるエンゲルスによってマルクスのそうした洞察は消し去られてしまう。エンゲルスによって「マルクス主義」が確立されると、キリスト教が教会を建てたように、マルクス主義運動や組織（共産党）が形成されてゆく。起源としての党派性が先験化されるのである。革命のトマス・アキナス型はさしずめレーニンからスターリンへの道であろう。各国の小スターリンたちもそうであることはいうまでもない。彼らがいかに無残な殺戮、掠奪、陵辱の歴史を形づくってきたかは歴史が証明している通りである。ルター型はトロツキーをはじめとする反対派ということになるだろうか。この連中だって権力を握ればたちまちスターリン＝トマス型に豹変するのは間違いない。そしてフランチェスコ型は、さしずめ書斎へ逃げ込んだマルクス学者というところになろう。彼らの良心の証は現実に関わらないことだけである。それは無力さの裏返しでしかない。

このようなキリスト教と革命運動の歴史から共通して浮かび上がってくる本質的な意味での反逆の困難さ、言い換えれば偽善を本当の意味でまぬがれうるような反逆の困難さが、「マチウ書試論」の最後の主題になる。吉本はそのことに対して格別の対案を示しているわけではない。ただひとつそこで吉本が提起しているのは「関係の絶対性」という視点である。「マチウ書が提出していることから、強いて現代的な意味を抽き出してみると、加担というものは、人間の意志はなるほど選択する自由をもっている。選択になかに、自由の意識がよみがえるのを感ずることができる。だが、この自由な選択にかけられた人間の意志も、人間と人間との関係が強いる絶対性のまえでは、相対的なものにすぎない。律法学者や、パリサイ派が、もしわれわれが父祖のときに生きていたら予

（預）言者の血を流すために、かれらに加担はしなかったろうと、言うときそれはかれらの自由な選択の正しさを主張しているのだ。

だが、人間と人間との関係が強いる絶対的な情況のなかにあってマチウの作者は、「それなのに諸君は予言者であるわたしを迫害しているではないか。」と主張しているのである。これは、意志による人間の自由な選択というものを、絶対的なものであるかのように誤認している律法学者やパリサイ派には通じない。関係を意識しない思想など幻にすぎないのである。それゆえ、パリサイ派は「きみは予言者ではない。暴徒であり、破壊者だ。」とこたえればこたえられたのであり、この答えは、人間と人間との関係の絶対性という要素を含まない如何なる立場からも正しいと言うよりほかないのだ。秩序にたいする反逆、それへの加担というものを、倫理に結びつけ得るのは、ただ関係の絶対性という視点を導入することによってのみ可能である[17]」。

ここでいわれている問題は、私たちの体験にそくしてきわめて実感的に理解できるだろう。私たちは過去にこんな風景を何度か見てきたのではないだろうか。警察機動隊との衝突のなかで、そのへんにある石ころを彼らに向かって投げるという行為が最高の思想的な表現行為であると実感されたり、どんなに「暴徒」や「破壊者」と罵しられようと道路上で、あるいは大学で、車をひっくり返したり、施設を破壊したりする行為に絶対的な正義の行使、最高の倫理の実現の瞬間と感じたりする、というような風景である。だがそこにある実感はかんたんに逆転する。自分が思想や正義の行使だと思っている行為が、客観的に見ればただの暴力行為や破壊行為にすぎなかったというように、である。吉本が引用文中で、パリサイ派が正しいと言えてしまうといっている根拠は、この逆転がかんたんに起こりうることにある。原始キリスト教が反逆の思想を自分の意志に基づいて選択しそれを行為に移すことと、パリサイ派がその行為をたんなる暴力や破壊にすぎないとやはり自分の意志に基づいて判断し非難することは、その限りで等価にすぎない。この循環を自覚しない限りはいかなる思想も正義も相対性のなかで偽善におちいるしかない。もしそうした偽善を逃れる唯一の道があるとすれば、それは「関係の絶対性」という視点を導入すること以外にはないと吉本はいう。

「関係の絶対性」は、現実に存在する関係秩序を肯定することではない。まして現実の相対性に安住することでもない。問題なのは、「関係の絶対性」という視点を導入したときはじめて正義が、より普遍的にいえば観念や理念が、現実に対して相対性を負わざるをえないことを本質的な形で自覚し認識することができるということである。それは、「観念の絶対性」と「関係の絶対性」の関係が、たんなる相対性ではなく、「逆立」の関係として捉えられることを意味する。そしてそのことによって、人間の思想や観念が現実と鋭い矛盾を含んでしまうことの意味をはじめて本質的な形で認識できるのである。このことを踏まえないかぎり反逆と加担の循環を脱することはありえない。*

「マチウ書試論」はここで終わる。しかしそれはむしろ出発であった。吉本隆明は思想家としてここから自分自身の道を開始する。それは「関係の絶対性」が強いる相対性に真の意味で耐えることの出来る反逆思想の模索の道に他ならなかった。そしてこの課題の自覚にもっとも強い示唆を与えてくれたのがマルクスの論理の力だった。

(14) 同前 七三~四頁

（15）ニーチェ『道徳の系譜』木場深定訳　一九六六年　岩波文庫
（16）『藝術的抵抗と挫折』七二頁
（17）同前　七四〜五頁

＊ここで「関係の絶対性」という概念をもう少し具体化するために、「嫉妬」という視点を導入してみたいと思う。たとえば私自身のことでいえば、過去に何度か失恋した際に、別な恋人のもとへ去っていった相手に嫉妬を燃やすことは自分を限りなく貶めることだと思い必死になって自分のなかの嫉妬の感情を抑制した記憶がある。それは、相手が別な恋人のもとへ去ったことを悔しいと思う自分のなかの私的な感情の流露こそ人間としてもっとも卑しむべき行為であると考えたからである。言い方を換えれば、「倫理の根源とは自分のうちなる私的な自然感情の抑制である」という格率を自分に課すことによって必死に嫉妬の感情を克服しようとしたのだった。今ふりかえってみるとこれはかなり抑圧的な論理であったと思う。不自然（反自然的）な論理といってもよい。問題は私がなぜこのような不自然な論理（倫理）を志向するようになったかだ。するとどうやらその起源に吉本隆明から受けた影響があったことが見えてきた。そしてそれは、私が革命運動を離脱する際経験した形容しがたい自己剝離の感情、すなわち自分が自分と違和を引き起こしてしまっているという感情に苦しんでいたとき吉本から受けた啓示と重なる。

それは一種矛盾する啓示だった。というのもそれは、革命運動という外在的な枠組みが解体したのちも窮極的な「わたし」は残るし、それまでをも否定する必要はないというどん底での自己肯定の教示だった一方で、どんなに自己の内部でその人間が苦しみもがいていたとしてもそんなことはお構いなしに世界は相変わらず存在し続け、個々人のどんな苦悩も構ってくれはしないという凄絶な自己相対化の教示でもあったからだ。

ぎりぎりの自己絶対化と自己相対化の結びつきというべきこの教示は、たとえば『自立の思想的拠点』に収録されている「交渉史について」と題された鮎川信夫についてのエッセイのなかで、吉本が難しい三角関係と失職によってのっぴきならなくなっていたとき、鮎川が物心両面でさりげなく手をさしのべてくれたこと、そして同じ頃東工大時代の恩師遠山啓が吉本に、いくら自分のことを重大に考えたとしても世間のほうはそんなふうには見てくれないという意味の忠告を与えてくれたことを書いているような箇所から与えられたものだった。吉本は鮎川のうちに「自己放棄」の倫理を見、それを人間の最高の倫理、存在基準として捉える。それは、春秋社の編集者で全日空松山沖事故でなくなった岩淵五郎を追悼した文章にも示されている。一言で言えば、ほんとうの意味で自分の存在を絶対化しうるものは、たやすく自己を相対化、つまり放棄しうるということである。この教示は当時の私にとってほとんど唯一頼ることの出来る倫理的公準だった。自己の内部性にのみ自己を肯定する根拠を求めることとそうした内部性を徹底的に相対化することに同時に耐えることが、革命運動離脱後の私にとっての倫理となっていった。大学をやめ、都内のホテルでウェイターのアルバイトをしながら毎日吉本やヘーゲルの『エンチュクロペディー』、フッサールの『現象学の理念』『内的時間意識の現象学』、メルロー＝ポンティの『知覚の現象学』などを読みながらノートを取ってゆくのが日課となった。自分の内的世界に沈潜しているという実感と同時に、そんな自分を世界の誰もが目にも留めてはくれないと感じることがかえってある種の快さを与えてくれた。当時私がヘーゲルやフッサール、M＝ポンティに没頭したのは、意識のもっとも内的な極点と意識の外にある世界、言い換えれば意識など顧みる必要のない世界がどこで真に出会うことが出来るのかを確かめたかったからだった。この問いは今でも私のなかで未解決のまま持続している。

　ところでこの問いはそのまま恋愛の渦中にある人間の問いでもあるのではないだろうか。自分の心のもっとも深いところから発する相手への思慕の意識が、意識の外部に存在する実在としての相手にどのように届くのか。その人間はおそらく恋愛の過程のなかで何度も自問自答しているはずである。だがその恋愛が挫折するとき、その人間はふたたび自己の絶対性と相対性のはざまに立たされることになる。ついに思いはとどかず、世界は自己に対して閉ざされてしまうのだ。それは自己への絶望感、卑小感、怒りなどが渦巻く壮絶な感情のきしみとして現れる。私が失恋の過程で体験したのはまさにそれだった。そしてここでもう一度革命運動離脱直後の葛藤が再帰してきたのだった。吉本の教示はやはりそこでも大きな救いとなった。ついでにいうと、この失恋の過程で森有正の著作を憑かれたように読んだ記憶がある。とくに『バビロンの流れのほとりにて』（筑摩書房）は何度も読み返した。フランスにわたりついにかの地で終焉を迎えた森にとって、フランスとは手を差し伸べても差し伸べてもするりと逃げ去ってゆく恋人のようなものだったのではなかったか。『バビロン』は、そうした恋人であるフランスと自己の内部感情のあいだの絶望的な隔たり、落差に耐えようとする森の、絶対性と相対性のはざまでのあがきのドキュメントだったような気がする。そう考えるとき、栃折久美子が『森有正先生のこと』（筑摩書房）で証言している、森が、実際の恋愛関係、というよりも端的に性愛関係においてデモーニッシュなまでに貪欲だった理由も分かる。おそらく森のなかには、決して満たされることない渇望、焦慮が存在していたのだ。だからこそ渇きを癒そうとするように性愛関係を求めざるを得なかったのだ。それは、決して成就しないフランスへの恋の代償に他ならなかった。だがいかなる現実の性愛関係もフランスへの欲望を満たすことはなかった。それが失恋の渦中にある私の自己感情と同調したのだと今になって思いあたる。

そこで嫉妬の問題が浮上する。失恋したとき、とりわけ相手が別な恋人のもとへと去っていったとき、必然的に嫉妬の感情が芽生える。この嫉妬とは何だろうか。ここでいきあたったのが吉本の「試論」における「関係の絶対性」の概念だった。吉本風にいうと嫉妬とは「観念の絶対性」が無媒介な「観念の恣意性」へと変容し、そのまま「関係の絶対性」に入り込んでいったとき生じる感情といえるだろう。「誰かが好きだという私的な感情」として現れるこの「観念の恣意性」が、恋愛の過程でその前にたちはだかる、「自分は相手を好きなのに相手は自分を好いてはくれない」という「関係の絶対性」によって仮借なく相対化されてしまうとき、人間はその相対性に耐えられなくてしばしば自分の中の「観念の恣意性」を「関係の絶対性」へと強引に介入させようとする。それは、「自分がこんなに好きなのに相手が自分を好いてくれないのはおかしい、相手のほうも自分を好きになるべきだ、誰か別な人間を相手が好きになるなんて理不尽だ」という感情として現れる。これが嫉妬なのではないだろうか。相対性に耐えるという観点からすれば、「関係の絶対性」の前では、「観念の恣意性」にすぎない「相手が好きだ」という感情など吹けば飛ぶようなあぶくのようなものなのだから、むしろ「観念の恣意性」の側を滅却することによって「関係の絶対性」の側につくよう考えるべきはずである。少なくとも私はそう考えようとすることで嫉妬の感情に耐えようとした。しかし世の中を見ると、どうやらそう考えるのは少数派で大多数の人間はむしろ「観念の恣意性」の側から「関係の絶対性」のほうを変えようとあがくようだ。だから三角関係のもつれから起きる情痴殺人のようなことが絶えないのだろうと思う。繰り返しになるが私にはそれが人間のもっとも醜怪な感情のかたちに思えてならないのだ。

ではもし「関係の絶対性」の側から嫉妬として現れる「観念の恣意性」が滅却されえたとして、その後に何が現れるのだろうか。おそらくそれが「試論」の先で問われねばならない課題となる。そしてそれが明らかになるとき、逆に嫉妬の感情を真の意味で抑制する方途も明らかになるはずである。

それは、「関係の絶対性」に立ちつつなおかつ成立しうる恋愛関係があるとしたらそれはどのようなものか、という問いへの答えでもある。おそらくそれはいかなる情念や感情の不透明性も含まない透明な風のような関係ということになるだろう。そこには、相手にいかなる心理的負担も拘束や圧力も強いることのない完全に透明化された関係が現れる。風のように出会い、風のようにおたがい去ってゆくことが可能な関係といってもよい。そうした関係が生まれるとき、はじめて嫉妬の感情は死滅するはずである。たぶんそれが恋愛関係の理想形であるに違いない。しかしそれが実現するのは、私たちの内部に依然として情念や感情の澱のようなものが残っている限りはとても困難なことであろう。折口信夫がどこかで、神のごとく感情の澱を焼き尽くしたいというような言葉を残しているが、それは折口の、情念や感情の澱から自由になれない自分への苛立ち、怒りの表明だと思う。いうまでもなく私自身のなかにも不透明な澱のようなものは依然として残っている。

この問題は、恋愛関係だけでなく社会関係一般の問題に敷衍できそうな気がする。たとえば、やや唐突に聞こえるかもしれないが、嫉妬の廃絶が革命の本質的課題なのではないだろうかと思う。

それは、「観念の恣意性」と「関係の絶対性」のあいだに「パララックス」、すなわち「強い視差」を設定することが革命の第一歩だということを意味する。革命は、「関係の絶対性」の内部で生じなければならない。ある革命組織の理論や思想、言い換えれば党派性は、それ自体は「観念の恣意性」にすぎない。したがってそうした「観念の恣意性」をよりどころにしながら「関係の絶対性」に反逆を企てても、それは「関係の絶対性」を前にして相対化されざるを得ず、「関係の絶対性」の内部からの作り替え、組み替えである真の意味での革命には到底到達し得ない。「パララックス」によってもたらされねばならないのは、まず何よりもこのことを自覚し正確に認識することに他ならない。「関係の絶対性」そのものの組み替えとしての革命は、「観念の恣意性」と「関係の絶対性」のあいだのギャップをまず認識することからしか始まらないのだ。それはちょうど恋愛関係において嫉妬の感情から解放されねばならないことと照応している。

その証明となるのが、革命運動の過程で、「観念の恣意性」としての嫉妬とちょうど同じ位置を占める革命組織間の抗争としての党派闘争、いわゆる「内ゲバ」の問題であり、さらにはそこから派生する「粛清」という名の殺戮の問題である。私が革命運動を離脱した最大のきっかけのひとつは、当時明らかになった連合赤軍における内部粛清事件だった。当時の私にはこの事件から受けた衝撃、嫌悪感、絶望感に耐えて運動を続けていくことはもはや不可能だった。このような惨禍を克服する唯一の道が、「観念の恣意性」を徹底的に相対化することによって革命運動の宿痾ともいうべき党派闘争の原理的な止揚を果たすことのうちにしかないはずにもかかわらず、「内ゲバ」はさらに激しさを増し、死者が常態化していった。「観念の恣意性」そのものが「関係の絶対性」に転化してしまったという気がした。それは、革命運動のなかでの「嫉妬」の位置がどんどん怪物化してゆくことを意味していた。もちろん「嫉妬」という怪物を個人の倫理によって飼いならそうとする道も考えられる。だがこの倫理自体が怪物的になることもありえないわけではない。たとえばあのヒトラーはある面でとても倫理的な人間だったのである。したがって問題はそう簡単ではない。

「観念の恣意性」と「関係の絶対性」の錯綜する交差のなかで、たとえばレーニンのコミューン原則、すなわちリコール制によって組織に嫉妬が生じる余地をなくし、最終的には組織そのものをつねに自己消滅可能な逆説性に委ねようとした試みはたしかにひとつの方向を指し示した。だがレーニンのコミューン原則は、それが適用される組織がそもそも嫉妬をもたない人間を前提としてはじめて可能になるという論理的自家撞着を含んでいた。したがってそれは非現実的なものにならざるをえない。自身が嫉妬の権化だったスターリンは嫉妬の効用をよく知っていた。スターリンの権力欲は自分より優れた人間、たとえばトロツキーやブハーリンへの嫉妬に根ざしていた。そして嫉妬を組織のコントロールの手段として巧みに利用した。革命のプリンスだったトロツキーに嫉妬を抱く凡庸なカーメネフ、ジノヴィエフと組んでトロツキーを追い落とした後、ふたりを粛清した手口などその最たるものだろう。スターリンがレーニンの死後たちまちコミューン原則とは正反対の体制を作ってしまったことはある意味で当然の成り行きだった。「嫉妬」の問題には人間の感情の次元における「観念の絶対性」と「関係の絶対性」の相剋がもっとも集中的に現れているといえよう。

Ⅱ　安保闘争の意味と第二のマルクス体験

⑴　問題の発端

「マチウ書試論」における「観念の絶対性」と「関係の絶対性」のあいだの「逆立」という視点によって思想家としての出発点を確立した吉本は、「関係の絶対性」に対するまなざしを欠いたまま「観念の絶対性」へ、いまむしろ観念の恣意性へ無自覚に居直るだけの戦後革命運動、さらにはその背後にある日本マルクス主義の思想的負性への批判を開始する。ここでふたたび「ラムボオ若しくはカール・マルクスの方法」を取り上げてみたい。そのなかの先に引用した箇所に続いて次のような文章がある。この文章の持つ意味について考えてみたいと思う。「人間は歴史的現実の表現体であるが故に歴史的現実に対して積極的意欲を持たねばならぬなどと、毒にも薬にもならぬことを言って恥じない日本の亜流とは雲泥の相違である。今日、日本のマルクス主義者諸君は何故に自らの意識のうちに、社会の意識を即ち社会の生存機構を探求するという苦痛を放棄してしまうのか。何故に単なる楽天家と化してしまうのか[1]」。

すでに述べたように、「マチウ書試論」におけるユダヤ教は吉本の中で戦前以来の日本マルクス主義を暗喩している。するとここで吉本の日本マルクス主義批判の核心が浮かび上がってくる。ようするに日本マルクス主義は、転向に象徴されている現実との調和・妥協によって自らの「観念の絶対性」を反逆の論理として最後まで貫くことを放棄したのである。むしろそうすることが出来なかったというべきかもしれない。それは別な言い方をすれば、反逆が「観念の絶対性」の現実に対する「逆立」を通してはじめて可能となることの真の意味を捉えることが出来ないまま、反逆を貫けずに「加担」の論理へと、すなわち現実の支配秩序の側へと移行してしまったということに他ならない。その最大の理由は、「自らの意識のうちに、社会の意識を即ち社会の生存機構を探求するという苦痛を放棄」したことにある。それは、自らの意識と社会の意識・機構との相対的な関係に日本マルクス主義が耐え得なかったことを意味する。それは同時に彼らがその関係を「逆立」として捉え得なかったことを示している。このことが日本マルクス主義の不毛さ、思想的負性の根拠になる。

ところでこの問題には裏面がある。いうまでもなく同じ事態を、「関係の絶対性」の側から「観念の絶対性」に対する「逆立」として捉えるという課題である。この「逆立」においては「観念の絶対性」の側が消去される。そしてそこにマルクスの思想的核心があることを吉本は指摘している。そこで「人間は歴史的現実の表現体であるが故に歴史的現実に対して積極的意欲を持たねばならぬなどと、毒にも薬にもならぬことを言って恥じない日本の亜流」という言い方に注目する必要がある。この言い方に現われているのは、「観念の絶対性」の側からの「逆立」だけでなく、「関係の絶対性」の側からも生じる「逆立」によって「観念の絶対性」が消去されることにも耐ええないまま、「関係の絶対性」に対して相対的な形で観念の側から何らか働きかけを行うことに救いの余地を見出そうとする発想への批判である。こうした相対化された観念への依存は「観念の絶対性」ではなくむしろ「観念の恣意性」の立場と呼ばれるべきであろう。ここからも真の反逆は生じ得ない。観念は相対性を通して現実への加担に終わるからである。

この「観念の恣意性」の立場は、今引用した文章からも窺えるように、マルクス主義へと人間の主体性の要素、言い換えれば「積極的意欲」の要素を接ぎ木しようとする立場を暗示している。それは具体的には「主体的唯物論」の立場と考えられる。周知の通り、一九四〇年代の終わりに、マルクス主義解釈をめぐって共産党を中心とする正統派の科学的客観主義の立場と、人間の主体的な能動性・積極性を重視しようとする主体的唯物論の立場とのあいだで激しい論争が行われた。これが戦後日本マルクス主義史最大の論争である「戦後主体性論争」だった。論争は、前者の立場を代表する松村一人、後者の立場を代表する梅本克己を軸に展開された。しかし論争自体は十分実りのないまま終焉を迎える。吉本は今の引用からも窺えるように、戦前から続く正統派だけでなく主体的唯物論の立場に対しても批判的だった。「主体性」は、「関係の絶対性」を考慮に入れていないばかりか、「観念」の側から恣意的に「関係」を変えられるという本質的な錯誤さえも生み出してしまう。つまり主体的唯物論の立場もまた「逆立」に耐え得ないのである。

それは同時に、戦前のプロレタリア文学運動に参加して弾圧のため転向し、さらに戦争へと協力しながらも、戦後再び日本共産党のもとで『新日本文学』『民主文学』などの左翼文化運動に復帰した壺井繁治、岡本潤らばかりでなく、「主体性論争」の口火となった文学の政治にたいする主体性、自立性の確立という主張の担い手たち、とくに『近代文学』派の文学者たちだった荒正人、平野謙、本多秋五らに対しても批判を加えようとした吉本の、いかなる徒党にも与しない単独者としての思想的位置をも指し示していると考えることが出来る。それは、「観念の絶対性」と「関係の絶対性」とが相剋しあう苛烈な場に他ならない。おそらくそこにおいては、「主体性」という概念が主体的唯物論者においても『近代文学』派の文学者においても、戦前の転向の暗い記憶、それへの「うしろめたさ」から反転する形で導き出されていることにいちばん強い違和感が働いているはずである。なぜなら転向の問題は主体性という個々人の内部へと解消されてはならないからである。

（1）『擬制の終焉』三五四頁

(2)「転向論」

吉本の日本マルクス主義の思想的負性に対する批判の集大成というべきなのが、一九五八年に発表された「転向論」である。思想家としての吉本が注目されるきっかけになったこの論文で、吉本は転向をたんなる物理的弾圧の結果とする見方を斥けるとともに、転向にまつわる「負い目」や「負債」の意識もこの問題の本質から排除した。吉本の転向認識の核心は次のような文章に現われている。「わたしは、佐野、鍋山的な転向を、日本的な封建制の優性に屈したものとみたいし、小林、宮本の「非転向」的転回を、日本的モデルニスムスの指標として、いわば、日本の封建的劣性との対決を回避したものとしてみたい。何れをよしとするか、という問いはそれ自体、無意味なのだ。そこに共通しているのは、日本の社会構造の総体によって対応づけられない思想の悲劇である」[2]。

ここで「佐野、鍋山」といわれているのは、一九三三年「共同被告同志に告ぐる書」を発表して最初におおやけの形で転向を宣言した当時の共産党委員長佐野学と幹部だった鍋山貞親を指す。また「小林、宮本」は、特高警察の拷問によって虐殺されたプロレタリア文学者小林多喜二と、転向を受け入れずに敗戦後まで刑務所に拘留されていた少数の非転向者たち、いわゆる「獄中十八年」組のひとりで後に共産党の最高指導者になる宮本顕治を指している。

そうだとすれば、ふつうは転向者である佐野、鍋山には裏切り者、背教者として負（マイナス）のレッテルがはられ、小林、宮本には節操を貫いた殉教者として正（プラス）のレッテルがはられるはずである。だが吉本はここでどちらが正しいのかを問うことが「無意味」だという。明白なはずの両者の優劣、正邪を問うことが無意味だというのはどういうことだろうか。じつはここから「転向論」が示そうとする最大の課題が浮かび上がってくる。つまり吉本はここで転向＝背教＝マイナス／非転向＝殉教＝プラスという図式そのものを相対化しようとするのである。

なぜそうなるのだろうか。吉本は佐野、鍋山の転向が「日本的な封建制の優性に屈した」結果だという。「日本的な封建制」が天皇制国家を指していることはいうまでもない。ではなぜ彼らは天皇制国家に屈したのか。吉本は次のようにいう。「日本的転向の外的条件のうち、権力の強制、圧迫というものがとびぬけて大きな要件であったとは、考えない。むしろ大衆からの孤立（感）が最大の条件であったとするのが、わたしの転向論のアクシスである[3]」。

転向の最大条件が「大衆からの孤立（感）」であるという吉本の視点は衝撃的である。そしてある思想、この場合はマルクス主義思想が自ら挫折し崩壊するとすれば、それを促すのは大衆からの孤立であるというこの認識は、必然的に、「大衆」という言葉によって象徴されている現実世界と思想の関係への問いにつながっていく。逆に言えば、このような関係への自覚や内省が欠けている思想は不可避的に転向という名の挫折・崩壊へ追いやられるということを、吉本は指摘しているのである。吉本はさらにいう。「佐野、鍋山の転向とは、この田舎インテリ〔自分の出自を忘れ、西欧の政治思想や知識に飛びついて日本の状況を侮るになった後進社会に特有な上昇志向型インテリ〕が、ギリギリのところまで封建制から追いつめられ、孤立したとき、侮りつくし、離脱したとしんじた日本的な小情況から、ふたたび足をすくわれたということに外ならなかったのではないか[4]」。

「西欧の政治思想や知識」の知的な摂取だけに依拠してきた結果、そこで置き去りにされた日本の現実の側からの手痛いしっぺ返しにあったのが佐野・鍋山の転向だったというところに吉本の認識の核心が現われている。この認識をさらに深化するために吉本は、佐野、鍋山の醜悪な転向と比較して、「人間的水準の大差」を示していると吉本によって評価された中野重治の転向を扱った小説『村の家』を取り上げる。そして中野の『村の家』をいわば合わせ鏡とすることによって佐野・鍋山の転向の意味がよりいっそう明確に浮かびあがってくるのである。

この小説のなかに、転向し出所した主人公勉次が故郷の家で父孫蔵と対座する場面がある。そこで孫蔵は作家だった勉次に、革命運動ばかりでなく書くことそのものを止めるよう迫る。それを踏まえて吉本は次のようにいう。「孫蔵からみるとき、勉次は、他人の先頭にたって革命だ、権力闘争だ、説きまわりながら、捕えられると「小塚原」で刑死されても主義主張に殉ずることもせず、転向して出てきた足の地につかぬインテリ振りの息子にしかすぎない。平凡な庶民たる父親孫蔵は、このとき日本封建制の土壌と化して、現実認識の厳しかるべきことを息子勉次にたしなめる。勉次のこころには、このとき日本封建制の優性遺伝の強靭さと沈痛さにたいする新たな認識がよぎったはずである⑸」。

孫蔵が示している「現実認識」とは、これまで使ってきた概念に置き換えれば「関係の絶対性」、ないしは「関係の絶対性」を尺度とする観念の無限の相対性の認識である。この認識を迫ったのは孫蔵の背後に潜む「日本封建制の優性遺伝の強靭さと沈痛さ」であったと吉本はいう。それに対して勉次の象徴する、無媒介な知的上昇志向によって支えられているだけの日本マルクス主義思想はひとたまりもなかった。それによって足をすくわれるとき、日本マルクス主義思想が、あるいはその担い手である「インテリ」が否応なく直面せざるをえなかったのは、「大衆からの孤立」という形で現れる自らの思想の基盤喪失、もう少し精確に言えば現実との関係の中でのみ鍛えられ検証されうるはずの思想の妥当性や有効性の根拠が日本マルクス主義にはそもそも欠けていたという事実に他ならなかった。

ここでもう一点つけ加えておかねばならないことがある。『村の家』において「日本封建制の優性遺伝」の象徴として登場するのは父孫蔵だった。それに対して佐野、鍋山の転向において登場する「日本封建制の優性遺伝」は官憲であり天皇制国家そのものであった。すると中野の転向は孫蔵によって象徴される「日本封建制の優性遺伝」に向かう転向であり、佐野・鍋山の転向は天皇制国家そのものに向かう転向だったことになる。一見すれば両者の違いは些細なものであると思われるかもしれない。しかし孫蔵の象徴する「大衆」の世界として捉えられた「日本封建制の優性遺伝」と、天皇制国家に凝縮する「日本封建制の優性遺伝」とでは本質的な違いがある。なぜならば天皇制国家は、それが国家である限りは、知識人のマルクス主義と同様に「大衆」の世界から上昇・離脱した「思想」としての領域や要素を含むからである。それが「イデオロギー」であることはいうまでもない。とするならば佐野・鍋山の転向は、日本マルクス主義という「イデオロギー」から天皇制国家という「イデオロギー」への移行を意味していることになる。だとすれば佐野・鍋山の転向は、「関係の絶対性」そのものの真摯な認識の結果ではなく、たんに観念の恣意的な相対性の内部での移動にすぎないということになる。言い方を換えれば、それは「党派」から「党派」への相対的移動にすぎないということである。つまり佐野や鍋山は、「イデオロギー」から「イデオロギー」へと、「党派」から「党派」へと渡り歩く浮薄な知識芸人のごとき存在にすぎないのである。彼らが戦後反共運動の指導者として相変わらず「イデオロギー」的な党派活動に携わっていたことはその証左に他ならない。

それに対して中野の転向が孫蔵に象徴される「大衆」そのものとしての「日本封建制の優性遺伝」に向かう転向だとすれば、その転向は、思想やイデオロギーという観念の相対性の世界への知的上昇を原理的に含んでいない「大衆」の存在が、観念の恣意的な相対性に埋没している日本マルクス主義思想に「関係の絶対性」の認識を迫ったことの結果であることになる。言い換えれば、中野が転向を通して迫られた「関係の絶対性」の認識の核心にあるものとは、思想やイデオロギーへの上昇の手前、此岸に位置する「大衆」の存在の認識に他ならなかったということである。こうした中野の転向についての見方から出てくる、「関係の絶対性」の核心にあるものが「大衆」であるという認識はその後の吉本の思想的歩みにとって決定的な意味を持つことになる。しかも勉次は最後に、「よく分かりますが、やはり書いていきたいと思います」と答えることによって、ぎりぎりのところで踏みとどまり、孫蔵とその背後に潜む「日本封建制の優性遺伝」と対峙しつつこの転向の意味を思想的に掘り下げようとする姿勢を示している。(6) それは、観念に対して相対化を迫る「関係の絶対性」と真の意味で対峙するための方途を、観念が自らの解体を逆手に取る形で模索しようとすることを意味する。中野の転向が佐野・鍋山の転向に比べ思想的に優位にあることの根拠はここにある。

さてでは小林・宮本の場合はどうか。吉本は次のようにいう。「(佐野・鍋山という第一のタイプに対して) 日本のインテリゲンチャがとる第二の典型的な思考過程は、広い意味での近代主義（モデルニスムス）である。日本的モデルニスムスの特徴は、けっして、社会の現実構造と対応させられずに、論理自体のオートマチスムスによって自己完結することである。(……) このような、日本的モデルニスムスは、思想のカテゴリーでも、おなじ経路をたどる。たとえばマルクス主義の体系が、ひとたび、日本的モデルニスムスによってとらえられると、原理として完結され、思想が、けっして現実社会の構造により、また時代的な構造の移りかわりによって検証される必要がないばかりか、かえって煩わしいこととされる。これは、一見、思想の抽象化、体系化と似ているが、まったくくちがっており、日本的モデルニスムスは、はじめから現実社会を必要としていないのである」(7)。

小林・宮本に対応するのは「日本的モデルニスムス」であると吉本はいう。明治以降の日本の近代化の過程で強烈な影響力を持ったふたつの思想が存在した。ひとつはキリスト教であり、もうひとつがマルクス主義である。キリスト教はそれまでの日本に存在しなかった個々人の「内面性」への覚醒を促し、マルクス主義はやはり日本に存在しなかった「社会」という視点をもたらした。「内面性」も「社会」も日本の現実そのものからは直接見出すことの出来ない一種の抽象概念である。この抽象概念の認識は、いわばヨーロッパから直輸入された観念や理論の世界を媒介とすることによってはじめて可能となるものであった。言い換えれば、そうした観念や理論が日本の現実に拮抗しうる自律的なものとして受け止められ、さらにはそれが「遅れた」日本のはるか先をいく真正の近代性、進歩性の証しとして認識されることによって、「内面性」や「社会」は一個の「現実性」となったのである。したがって近代化の過程において生み出された知識人層の多くが、「ほんものの近代」を実現すべくキリスト教とマルクス主義へと傾倒していったことはある意味では必然的であったといってよい。「日本的モデルニスムス」とはこのような知識人層において生じた、キリスト教やマルクス主義に代表される近代性の証しとしての観念や理論それ自体を無限に追求していく知的態度を意味している。

「日本的モデルニスムス」においていったん知的な上昇がなし遂げられ自律性が獲得されると、自分の本来の成立基盤である現実を徹底的に疎外し消滅させる。もはやそこには思想と現実の生々しい関係は成立しない。「思想」は自分の論理の繭の中に閉じこもってしまって外部の現実世界に一歩も出てこなくなるからである。それは「思想」が絶対的な天動説と化すことを意味する。したがってこの「論理自体のオートマチスムス」に転向はありえない。現実と何ら関わりを持たないまま思想が自分自身の中に閉じこもって天動説化してしまえば、転向は起こりようがないからである。裏返して言えばそこで「思想」は現実から遊離した先験性となるのである。小林・宮本の非転向はこうした「思想」の自己完結的な先験性の現われにすぎない。そこには「観念の絶対性」と「関係の絶対性」の鋭い相剋の意識も、「逆立」に耐える苦痛も存在しない。この現実との接点喪失は、現実との戦いの放棄を意味するがゆえに、裏返しの意味での転向となる。こうした「日本的モデルニスムス」として現われる日本マルクス主義が、「大衆」の存在を核としつつ、イデオロギーとしての天皇制国家にまで凝縮してゆく「日本封建性の優性遺伝」に関する現実的かつ総体的なヴィジョンを持つことはありえないからだ。

こうした吉本の認識はたしかに一般的な転向対非転向の理解からはいちじるしく逸脱している。なぜ吉本はそうした「非常識」な認識をあえて示そうとするのか。それは、非転向を貫いた「獄中十八年組」（宮本のほか、徳田球一、志賀義雄など）の権威とその指導性が、共産党の戦後革命の過程におけるさまざまな錯誤の最大の要因となったからである。たとえば一九三二年に当時のコミンテルン[8]によって決定された日本革命の方針である「三二テーゼ」[9]のことを想い起してみてほしい。それは、今述べたような非転向組の指導性を背景に戦後まで共産党の現状認識の基礎として受け継がれた。そもそも中身以前に、コミンテルンという日本とは基本的に無関係な組織によって日本革命のヴィジョンが決定されるというその成立プロセスそのものが、吉本の指摘する「日本的モデルニスムス」の病理を端的に示しているといってよい。そしてそこには内容上も大きな問題がはらまれていた。それは、「三二テーゼ」が、ちょうど中野の『村の家』における認識とは逆に、「日本封建制」の核にある「大衆」の存在を、「遅れた」という劣性要素としてのみ捉え、その機械的な克服だけを主張している点である。言い換えれば「日本的モデルニスムス」としてのマルクス主義理論が絶対的な優性要素として規定され、それによって劣性要素としての「遅れた」大衆を教化・領導するという構図がそこには現れているということである。大衆の存在を核とする「関係の絶対性」と、革命思想の「観念の絶対性」との「逆立」、そしてそれが革命思想に対して強いる無限の相対化のはざまの中で、日本革命の総体的ヴィジョンをつかもうとする吉本の立場からすれば、それはとてつもない思想的倒錯でしかありえなかった。かくして吉本は次のような結論を導くのである。

「この転回の二つのタイプ〔佐野・鍋山のタイプと小林・宮本のタイプ〕は、いずれも、日本の後進性の産物に外ならないが、この後進性が、佐野、鍋山のような転回と、小林、宮本などのような転回とに分裂するのは、まさに、日本の社会的構造の総体が、近代性と封建性とを矛盾のまま包括するからであって、日本においてかならずしも近代性と封建性とは、対立した条件としてはあらわれず、封建的要素にたすけられて近代性が、過剰近代性となってあらわれたり、近代的条件にたすけられて封建性が「超」封建的な条件としてあらわれるのは、ここにもとづいているとおもう。わたしたちは、おそらく、佐野、鍋山的な転向からも、小林、宮本的な「非転向」からも、思想上の正系を手に入れることはできないのだ。転向の問題は、日本では、その大抵の部分が思想的な節操の問題、いいかえれば、一人の人間が、社会の構造の基底に触れながら、思想をつくりあげてゆく問題とは、なりえていない。それは、おおくイデオロギー論理の架空性〔抽象性ではない〕からくる現実認識の問題にすぎない(10)」。

吉本の結論がもっともよく現われているのは最後の文章であろう。観念の世界を、現実の世界との緊張に満ちた関係を通して追求しようするのではなく、「論理自体のオートマチスムス」にのっかって無媒介に上昇していくだけの「思想」は、しょせん「イデオロギー論理の架空性」を逃れることはできないのだ。転向とはその架空性が露呈することによって「思想」が崩壊していく過程に他ならなかった。吉本は「転向論」を始めとする五〇年代後半の論考を通して、日本マルクス主義のこうした思想的負性に対する激烈な批判を展開する。それは、「関係の絶対性」と「観念の絶対性」のはざまから真の思想を生み出そうとする吉本にとって不可欠な前提作業だった。

ただ一点今の引用の中に、そうした当時の吉本の位置から、微妙だが決定的に一歩踏み出した新たな問題の領域が見え始めていることを指摘しておきたい。それは日本の近代における「近代性と封建性」のねじれた関係の問題によって示される領域である。

「封建性」という言葉は、吉本自身が彼の批判する共産党系の「講座派」の歴史観やボキャブラリーにいまだ囚われていることを示している。それは、この時点で吉本がひきずっているある種の限界を示しているともいえる。しかしその限界の範囲のなかでとはいえ、ここには吉本が踏み出そうとする新しい思想的方向が示唆されている。つまりそこには、「近代性と封建性」のねじれた関係の指摘によって、「関係の絶対性」と「観念の絶対性」の相剋という問題の水準を超えて、「関係の絶対性」そのものの内容、構造の解明へと向かおうとする吉本の姿勢が示唆されているということである。

たとえば、「封建的要素にたすけられて」現われる「過剰近代性」とは、経済的にいえば大地主制に支えられた独占資本主義の発展を、また政治的にいえば前近代的な天皇制や農本主義思想によって支えられた明治国家から昭和超国家主義へいたる日本近代国家の性格を意味する。また「近代性」にたすけられた「「超」封建的な条件」とは、近代国家の枠組みのなかで天皇への絶対忠誠を強いる「教育勅語」「軍人勅諭」、さらには明治憲法下から生まれた北一輝の「昭和維新」の思想などを意味すると考えてよいだろう。これらは天皇制国家という現実が形づくる「関係の絶対性」の構成要素に他ならない。

そこから見えてくるのは、近代性と前近代性が弁別不可能な形で相互に絡み合う日本近代の現実、言い換えれば「関係の絶対性」としての現実そのものであった。さらにいえば、そこに極めてアンビヴァレントな形で関与している大衆の問題も見落としてはならない。大衆は日本近代の現実に、いわばその根底に潜む基層的情念や欲望という位相で関わっている。そしてそれは、ときには天皇制国家の侵略ナショナリズムへの熱狂的な雷同として、また他方では大正期の護憲運動や戦後の安保闘争のような反政府運動としても現われる。そこには「進んだ／遅れた」とか「進歩／反動」といったような単純で公式主義的な裁断からはみ出す不定形性が潜んでいる。

「転向論」において吉本は、日本近代における近代的要素と前近代的要素の錯綜した絡み合い、とくに封建的な劣性要素、残存要素としてしか見られてこなかった大衆の基層性とそれが帯びている不定形性を自覚的な形で捉え返さない限り、「関係の絶対性」としての日本近代の現実への真の意味での踏み込みは不可能であると認識するにいたったといってよいだろう。そのことが、吉本にとっての次のステップにおける思想的模索の出発点となる。それがまず具体的に示されたのが一九六〇年の安保闘争への参加であった。

＊

なお一点だけ補足しておきたいことがある。それは、これまでの議論の中でこの時期の吉本の仕事のもう一つの重要な柱である『高村光太郎』[11]や、『抒情の論理』に収録されている戦前期の日本型モダニズム批判、とくに一九三〇年代の昭和超国家主義形成期に、雑誌『四季』[12]を中心とするモダニスト詩人たちがいっせいにいわゆる「日本回帰」へと走ったこととの批判的検討の問題に触れなかったことである。それは、この問題が基本的には日本マルクス主義、あるいはその思想的影響下にあったプロレタリア文学の転向問題と同型であると考えるからであった。

(2)　『藝術的抵抗と挫折』一八六～七頁
(3)　同前　一七三頁
(4)　同前　一七四頁〔　〕内筆者
(5)　同前　一七七頁
(6)　同前　とはいえ中野は戦後再建された共産党に復帰し指導者のひとりとなる。結局中野は『村の家』で示された問題意識を深化しながら貫き通すことは出来なかったのだった。
(7)　同前　一八三～四頁〔　〕内筆者
(8)　ロシア革命後ソ連を中心に結成された共産主義インターナショナル。日本共産党はその下部組織として位置づけられていた。
(9)　正式には『日本における情勢と日本共産党の任務に関するテーゼ』。作成の中心になったのはコミンテルンの書記でフィンランド人のオットー・クーシネンだった。当時の日本を、天皇制と封建的な地主制、独占資本主義の結合体として捉え、それを変革する日本革命のあり方を、まず封建的要素の廃絶を目ざす民主革命とその後に来る社会主義革命の二段階にわたる革命過程として規定した。こうした見方は野呂栄太郎を中心にまとめられた『日本資本主義発達史講座』（岩波書店　一九三二～三三年）に受け継がれ、いわゆる「講座派史観」の形成を促した。

(10)『藝術的抵抗と挫折』一八七頁（　）内筆者

(11)『高村光太郎』飯塚書店　一九五七年

(12)一九三三年創刊。中心となったのは堀辰雄・三好達治・丸山薫らだった。萩原朔太郎・中原中也・立原道造らも同人、寄稿者として参加しており、『詩・現実』によった北川冬彦やシュルレリスム系の北園克衛、滝口修造ら少数の例外を除き、当時のモダニスト系詩人の大部分が何らかの形でこの雑誌に関与していた。『抒情の論理』所収の「四季派の本質」参照。

(3) 安保闘争

一九六〇年、日米安全保障条約、いわゆる安保条約の改定をめぐって戦後最大の政治闘争である安保闘争が勃発する。(13) この安保闘争においてもっとも急進的な運動を展開したのが、共産党指導部を批判して除名された学生党員たちを中心に結成された政治組織、共産主義者同盟（ブント）と、その影響下にあった学生運動組織である全学連（全日本学生自治会総連合）の主流派だった。吉本は詩人の谷川雁らとともに「六月行動委員会」を結成しブントと全学連主流の運動に連帯する。そして闘争の最大の山場となった六月一五日の国会前闘争では警察によって逮捕されるという事態まで体験する[14]。この安保闘争の体験によって吉本は大きな思想的転機を迎えることになる。すでに述べたように吉本は「転向論」に代表される五〇年代後半の仕事において、「観念の絶対性」と「関係の絶対性」のあいだの相剋という視点に立って日本マルクス主義批判を行った。この批判作業の結節点になったのが共産党系の文学者花田清輝との論争、いわゆる「花田・吉本論争[15]」だったが、この論争の終息期と安保闘争への参加の時期がほぼ重なっている。このことが示しているのは、吉本自身も言っているように、日本マルクス主義批判がそれ自身としては不毛でしかないこと、むしろ自分自身の国家や社会の総体的ヴィジョンを構築しなければならないことを認識した吉本が、安保闘争を期に自分自身の体系構築へと向かったという事実である。その体系は安保闘争後に「幻想論」という形で構想されることになる。すでに述べたようにそれは、「マチウ書試論」において、「関係の絶対性」と「観念の絶対性」の相剋関係の中から生じる原始キリスト教のユダヤ教への近親憎悪を通して暗喩的に示唆されていた吉本の日本マルクス主義批判のモティーフが、反逆と加担の循環を超え出る真の意味での「反逆」の可能性とその条件の解明という「マチウ書試論」のもっとも本質的な課題に呼応しながら、「関係の絶対性」そのものの構造の解明、さらには「関係の絶対性」それ自身の解体と変容という課題へと向かおうとしたことを指し示している[16]。

吉本にとって幻想論の構想をもたらすきっかけとなったのは、安保闘争とその敗北の意味を捉え返す作業だった。まず吉本の安保闘争についての直截的な認識をふりかえっておこう。

「わたしたちは、安保闘争のなかでしばしば矛盾をかんじなければならなかったことをしっている。それは、どんなはげしい街路デモを展開しても、最大限に見積もって岸政権を安保自然成立以前にたおして解散にみちびきうるという政治的効果がかんがえられるだけであるにもかかわらず、はげしい街頭行動なしには、それすら不可能だというディレンマであった。そこには革命的な状勢はすこしもなかったし、日本資本主義はかなり安定した経済的基盤にたって成功裏に政策を実施していたため、市民・労働者は秩序消滅のためにたちあがる主体的な姿勢をもっていなかったのである[17]」。

吉本はまず「はげしい街路デモ」という言葉で、安保闘争の本質がブントと全学連主流派による急進的な運動にあったことを明言する。このことは、いうまでもなくその対極としての共産党や社会党、労働組合を中心とする既成の左翼運動に対する批判を意味する。この構図は「マチウ書試論」における原始キリスト教とユダヤ教の関係を髣髴とさせる。だがその一方で吉本は、急進的運動の側もまた安保闘争を本格的な革命闘争へと転化する力を持っていなかったと宣告する。どんなに運動を急進化させていってもせいぜい実現できるのは国会解散くらいだろうと吉本は冷静に見極めている。ではなぜ安保闘争は本質的な意味での革命闘争、言い換えれば対国家権力闘争たりえなかったのだろうか。その根拠を吉本は次のように言っている。

「「進歩的知識人」によれば、これらの大衆〔「現行の憲法＝法国家の幻想性に達していない」大衆〕は未熟な啓蒙すべき存在であり、憲法感覚とやらを身につけねばならず、憲法＝法国家を守らねばならないとされるのである。しかし、わたしは、大衆の大部分が現行の憲法＝法国家の幻想性に達していないということは、そのまま美点に転化しうるものであり、「進歩的知識人」を棄揚する契機を手にもっていることも意味しているとかんがえる。わが国におけるこの社会の現実性と幻想性との切点の乱れこそは、じつは、憲法＝法国家と、そのもとにある具体的な運用法規との矛盾をはかるべき本質的な尺度である。当日、すべての進歩勢力は、六・一五国会構内抗議集会に集約された安保闘争の思想を非難し、これに背を向けて流れ去った。しかし、嗤われたのはかれらの貧弱な思想である。かれらは、どんな豊かな思想も現実性に還元するときは、ありふれた行為事実の断片によってしか表現されないという思想の本質にたいする無智をさらけだしたのである」[18]。

ブント、全学連主流派を中心とする急進的運動は、「安保闘争を日本革命へ」というスローガンを大衆的な街頭行動の限りなき急進化と規模拡大によって具体化しようとした。より正確にいえば、それによって「憲法＝法国家」の水位を超えようとしたのだった。その凝集点が六〇年六月一五日の国会構内への突入の闘いだった。しかし「憲法＝法国家」が現実的な運用法規として現出するとき、この安保闘争最大の闘いもまた、逮捕された吉本自身、そして吉本が特別弁護人を務めた六月一五日の共同被告団がそうであるように、「住居侵入」「公務執行妨害」等の単純刑法犯罪として裁かれる他はなかった。このことは、「憲法＝法国家」の水位を超えようとする思想と現実の運用法規とのあいだのずれ・矛盾のなかで、ついに急進的運動が「憲法＝法国家」との本質的な意味での対決としての対国家権力闘争の高みへと登りつめる契機を逸したことを示している。それは、急進的運動がこのずれ・矛盾によって強いられる自らの思想的行動の「行為事実の断片」への相対化に対抗できるだけの契機を持っていなかったことを意味する。もちろん「進歩的知識人」のように、相対化に居直りおのれの思想的水位を無自覚な形で「憲法＝法国家」の水位へと同調させた上で、それを自分たちの大衆に対する知的優位の根拠と誤認するような発想は最初からいかなる意味でも対国家権力闘争とは無縁である。では安保闘争が本質的意味での対国家権力闘争になりえる道は存在しなかったのか。

吉本はその可能性を二つの面から見出そうとする。一つは、「憲法＝法国家」の本質を幻想性の水位において捉えることである。ここでは幻想性の中身がまだ十分に明らかにされていないが、とりあえずはそれがほとんど国家の本質性という意味と同義であること、そして同時に少なくとも「憲法＝法国家」の現実的な運用法規の次元に還元し得ないものであることを押さえておけばよいだろう。そこからは、国家が法の運用規定の次元として現われてくることにとって本質的な矛盾となるものが見えてくる。たとえばもしどんなささやかな闘争であっても、それが憲法＝法の運用規定と憲法＝法を超えようとする思想のあいだのずれ・矛盾を逆手にとる形で幻想性という国家の本質をよくつくことが出来たときには、現実の情勢のなかでのその闘争の実際的な有効性などとは関りなく真の意味での「革命的」な戦いになりうるはずなのだ。

やや余談めくが、こうした吉本の認識にしたがうとき私にはふたつの戦いが想起される。すなわち一九六七年一一月首相官邸前でヴェトナム戦争に抗議して焼身自殺を遂げた老エスペランティスト由比忠之進さんの戦いと、一九六九年一月の宮中参賀の際に、ニューギニア戦線で戦死していった仲間に向かって「ヤマザキ、天皇を撃て！」と呼びかけつつ天皇をパチンコ玉で攻撃した奥崎健三さんの戦いである。私には、このふたつの戦いが吉本のいう意味での真に「革命的」な戦いだったと思える。由比さんは、生命の尊厳という「ヒューマニズム」の当為を自らの死を通してひっくり返すことによって、あたかもそうしたヒューマニズムの上に成立しているかのごとくふるまいながらヴェトナム戦争に加担する日本国家の幻想性のレヴェルにおける欺瞞をラディカルに暴き、奥崎さんは、戦前から戦中、戦後へと多くの死者たちを尻目に無傷のまま継承されていった天皇制幻想を揺さぶることによって一瞬国家を蒼ざめさせたからである。

さて六月一五日の闘争に象徴される安保闘争の全過程は、一瞬ではあるがこうした国家の幻想性＝本質性の水位と、否応なしに運用法規の次元に対応させられてしまう現実の行動過程のあいだの裂け目を露呈させたという意味で、吉本にとって画期的な意味を持った。もっとも決定的なことは、安保闘争の過程でこうした裂け目を露呈させたブントと全学連主流派の急進的運動が、そこから噴出する「遅れた」存在と見なされてきた大衆の自発的なエネルギーを解き放ったことである。ここに吉本の見出そうとした可能性の第二の面が存在する。国家の幻想性の基層に位置する大衆が、「観念の絶対性＝恣意性」のうちに自足する知識人による啓蒙や教化の枠組みを破って自発的に政治過程へと登場したことが、対国家権力闘争の原理的地平の可能性を一瞬かいま見させたのであった。それは吉本にとってほとんど啓示ともいうべき意味をもったといってよい。だが六月一五日を境いに闘争は急速に終息し安保条約は六月二三日自然成立を迎える。安保闘争は敗北した。

(13)　一九五一年サンフランシスコ平和条約によって日本は一九四五年から続いたアメリカによる占領状態に終止符を打ち独立を回復したが、その際同時にアメリカの軍事力による日本の安全保障を定めた日米安全保障条約が締結された。この条約の有効期限が一〇年だったため一九六〇年は条約改定の年にあたっていた。当時の岸内閣は改定を進めようとするが、事実上アメリカ軍による日本国内の軍事基地の自由な使用を保障するための条約だった日米安保条約に対して共産党、社会党、労働組合などの左翼勢力がまず改定反対運動を起こし、アメリカ軍基地によって戦争に巻き込まれることを怖れた広範な国民層の改定反対運動への参加もあって闘争は空前の盛り上がりを見せた。

(14) 警察部隊に追われた吉本は警視庁構内に逃げ込み「建造物侵入」の容疑で逮捕された（不起訴処分）。欧米諸国では、ノーマン・メイラー、ノアム・チョムスキーらのように直接行動の中で知識人が逮捕されることは珍しいことではないが、日本では稀有な例である。

(15) 一九五六年雑誌『詩学』で行われた吉本・花田・岡本潤による座談会「芸術運動の今日的課題」が発端になって始まり、一九六〇年まで続く。吉本の側の主張は『異端と正系』（現代思潮社 一九六〇年）および『擬制の終焉』に収録されている。転向のうちに加担への道だけでなく仮面の下での抵抗の道も見ようという花田の主張は、吉本によって「転向ファシストの詭弁」と一蹴されたが、今ふりかえってみると花田の主張にも取りあげられるべき側面があったと思われる。少なくとも花田が戦争中に書いた『復興期の精神』（真善美社 一九四六年）は、群を抜く西欧文明についての知識と天皇制国家に埋没しない強靭な思考の単独性においてこの時期の日本文学・思想のうちで飛びぬけた水準を持っており、当時の天皇制国家の幻想性の水準に十分対抗しうる抵抗の強度を持っているからである。吉本自身、戦後の日本マルクス主義者のなかで評価するに足るのは埴谷雄高と花田清輝だけであると言っている（『貧困と思想』青土社 二〇〇八年参照）。

(16) 私の触れえた範囲でこのことを指摘していたのは、菅孝行「「幻想」の出自と構造をめぐって」（『日本の将来』第一号 一九七二年）『現代詩手帖』臨時増刊「吉本隆明」所収（思潮社 一九七二年）だけだった。これは優れた論考である。

(17) 「擬制の終焉」『犠牲の終焉』所収 現代思潮社 二五頁（ ）内筆者

(18) 「思想的弁護論―六・一五事件公判について」『自立の思想的拠点』所収 徳間書店 五五頁 一九六六年（ ）内筆者

(4) 第二のマルクス体験『カール・マルクス』

安保闘争後吉本は、あらゆる現実的な政治過程から離脱する。一九六一年五月浅沼社会党委員長刺殺事件を口実に突如国会へと提出された政治的暴力行為禁止法、いわゆる政暴法に対する反対闘争への参加を促す知人からの電話に、「よしましょう。昼寝をしますよ」と答える[19]。吉本の心中には苦い蹉跌の思いとともに、あり得たかもしれない本来の意味での安保闘争のイメージ、正面から日本国家と対決しうる真に革命的な闘いとしての安保闘争のイメージが去来していたのかもしれない。だがすでに触れたようにそのイメージは六月一五日に一瞬煌いた後で跡形もなく消えていった。だとするならば、以後「憲法＝法国家」の枠内での個別課題をめぐる政治闘争への参加などいかなる点でも無意味なはずではないか。真の意味で国家の幻想性＝本質性の水位と対決しうる戦いの原理の構築こそが課題とならねばならない。ここから、以降の吉本の思想的戦いの骨格となる幻想論の構築に向けた模索が始まる。幻想論という課題は、吉本にとって安保闘争の先に構想されるべき日本国家との根本的な対決のための闘争原理を明らかにするという課題に他ならなかった。この課題に応えるために吉本は、政治情勢や出版ジャーナリズムの動向に左右されない自立した思想と文学のための雑誌『試行』を、安保闘争をともに戦った詩人の谷川雁、評論家の村上一郎といっしょに一九六一年創刊する（後に吉本単独編集[20]）。

この『試行』誌上に、吉本の一九六〇年代以降の仕事の骨格となる「幻想論三部作[22]」の最初の著作『言語にとって美とはなにか』が発表される[21]。その後さらに『心的現象論』が連載され、それと平行して『共同幻想論』が雑誌『文芸』に連載される[23]。幻想論の体系は主としてこの三つの著作を通して追究されることになるが、じつはこうした吉本の幻想論の体系を理解する上で重要な前提となるのが安保闘争後に訪れる第二のマルクス体験の内容だった。この第二のマルクス体験を通して吉本は幻想論へと向かう自らの基本的な視点と方法を獲得していったのである。

この第二のマルクス体験は、『カール・マルクス』[24]という著作にまとめられている。この本には、一九六四年に相次いで発表された「マルクス紀行」と「マルクス伝」のふたつのテクストが収められているが、思想的に重要なのはなんといっても「マルクス紀行」のほうである。そこには吉本によって捉えられた思想家マルクスの像とその根本的なモティーフが簡潔に、だが極めて原理的な形で表現されている。

吉本のこの時期における第二のマルクス体験の基本的なモティーフは、次のような文章から窺うことができる。「かつて、詩的なものと非詩的なものとの逆立というかたちでのべた幼ないわたしのマルクス理解は、いまも、それほど間違っているとはおもっていない。偶然、マルクスを手掛けるようになったいま、かれにおける詩的なものと、非詩的なものの逆立が、わたしの二十代の理解のなかでの詩的なものと非詩的なものとの逆立という定式と、どこで共鳴し、どこで火花が散るかをあきらかにするほかになすべきことはないのである。ただ、いまのわたしは、詩的なものと非詩的なものとの逆立という言葉を、マルクスにおける幻想的なもの（法、国家）と、非幻想的なもの（市民社会、自然）との逆立という概念におきかえられる程度の理解は、もつようになったというにすぎない[25]」。

ここにおいて吉本の第二のマルクス体験の核心が浮かび上がってくる。いうまでもなくその中心的な内容となるのは、「マルクスにおける幻想的なもの」が「法、国家」の本質であるという認識である。だがここで重要なのはそれ以上に、そうした「幻想的なもの」が、「非幻想的なもの」としての「市民社会、自然」と「逆立」するという認識の持つ意味である。それが、かつての「詩的なもの」と「非詩的なもの」の「逆立」という吉本の思想的出発点から来ていることはいうまでもない。

と同時にここでは、「マチウ書試論」における「観念の絶対性（恣意性）」と「関係の絶対性」のあいだの「逆立」の関係が、二重に折りたたまれた形で新たな社会的現実の認識のなかへと組み込まれている。すなわち「関係の絶対性」を構成する社会的現実総体と「自然」のあいだの「逆立」関係と、「関係の絶対性」の内部における「法、国家」と「市民社会」の「逆立」関係という二重の「逆立」関係を通して、吉本の新たな社会的現実の認識、つまり「関係の絶対性」の認識の形が構成されていくのである。

このことは、この時点における吉本のマルクス思想体系の理解の仕方と対応している。「わたしの現在の理解では、マルクスの思想体系は、二十代の半ばすぎ、一八四三年から四四年にかけて完成されたすがたをとっている。これは『ユダヤ人問題に寄せて』、『ヘーゲル法哲学批判』、『経済学と哲学にかんする手稿』によって象徴させることができる。もしも、個人の生涯の思想が、処女作にむかって成熟し、本質的にはそこですべての芽がでそろうものとすれば、これらはマルクスの真の意味での処女作であり、かれは、生涯これをこえることはなかったといっていい。

これらの論策で、マルクスは、宗教、法、国家という幻想性と幻想的な共同性についてかんがえつくし、ある意味でこの幻想性の起源でありながら、この幻想性と対立する市民社会の構造としての経済的なカテゴリーの骨組を定め、そしてこれらの考察の根源にあるかれ自身の〈自然〉哲学を、三位一体として環のようにむすびつけ、からみあわせながらひとつの体系を完結したのである[26]」。

吉本は、いわゆる「初期マルクス」と呼ばれるテクスト群のうちから、「宗教、法、国家」へと流れくだる「幻想性」の領域の考察、それの起源でありながらもそれと対立する「市民社会」の領域の考察、そしてそれらの考察の前提であり根源となる「〈自然〉哲学」の「三位一体」構造を抽き出し、それをマルクスの思想体系の骨格として規定づける。ここからどのような思想的意味が取り出せるのだろうか。

まず「関係の絶対性」として現われる社会的現実が、その根源に横たわる「〈自然〉哲学」との相関において捉えられることになる。この「〈自然〉哲学」について、吉本は『経済学＝哲学手稿』の「疎外された労働」の章にある、「人間の普遍性は実践的には〈自然〉や〈社会〉への働きかけという意味では――註）まさに、㈠直接的生活手段である自然についても、また㈡彼の生活活動の材料、対象、道具である自然についても、全自然を彼の非有機的肉体にするという、その普遍性のなかに、あらわれる」という文章と、「私有財産（私的所有）と共産主義」の章にある、「死は、個人にたいする類の冷酷な勝利のようにみえ、またそれらの統一に矛盾するようにみえる。しかし特定の個人とは、たんに一つの限定された類的存在にすぎず、そのようなものとして死ぬべきものである[27]」を引用した上で、マルクスの「〈自然〉哲学」について次のように述べている。

「全自然を、じぶんの〈非有機的身体〉〈自然の人間化〉となしうるという人間だけがもつようになった特性は、逆に、全人間を、自然の〈有機的自然〉たらしめるという反作用なしには不可能であり、この全自然と全人間のからみ合いを、マルクスは〈自然〉哲学のカテゴリーで、〈疎外〉または〈自己疎外〉とかんがえたのである。これを、市民社会の経済的なカテゴリーに表象させて労働する者とその生産物のあいだ、生産行為と労働（働きかけること）とのあいだ、人間と人間の自己自身の存在のあいだ、について拡張したり、微分化していても、その根源には、かれの〈自然〉哲学がひそんでおり、現実社会での〈疎外〉概念がこの〈自然〉哲学から発生していることはうたがうべくもない。

ところで、〈死〉んでしまえば、すくなくとも個々の人間にとって、全自然がかれの〈非有機的身体〉となり、そのことからかれのほうは自然の〈有機的自然〉になるという〈疎外〉の関係は消滅するようにみえる。そしてたしかに個人としての〈かれ〉にとっては消滅するのだ。しかし、生きている他の人間たちのあいだではこの全自然と人間の関係は消滅しない。これを市民社会の経済的カテゴリーである人間と人間の関係、人間と自然との関係に表象したときの現実的なもろもろのもんだいは、社会がかわれば、かわってしまうし、社会的に消滅させようとすれば消滅するが、自然と人間の存在のあいだではかわらないのである。〈自然〉哲学のカテゴリーで、〈死〉によって消滅するようにみえる自然と人間とのあいだの〈疎外〉関係の矛盾を、かれは、個と類の関係としてきりぬけるのである㉘」。

吉本の『カール・マルクス』が公刊された時期、マルクス思想の真髄を、後期の『資本論』を中心とする「経済学的」テクスト群ではなく、初期の、とりわけ『経済学=哲学手稿』に代表される「哲学的」テクスト群を通して捉えようとする傾向が絶頂期を迎えようとしていた。その焦点となったのが「疎外」概念だった[29]。いわゆる「疎外論」ブームである。こうした「疎外論」ブームにおいて特徴的だったのは、マルクス思想の真髄を資本主義の「科学的」認識ではなく、人間労働がその「本質」の外化である生産物を資本によって簒奪・搾取され、自らの「本質」を喪失してしまう「疎外」という事態の認識に見ようとすることにあった。「疎外」という言葉から読み取られる資本主義社会の非人間的な構造を告発するマルクス像、言い換えれば「疎外」という事態に対し怒りをいだく人間的なマルクスの像こそが、『資本論』における冷徹極まりないマルクスとは異なる本来のマルクスの姿だということである。

吉本の『カール・マルクス』もこうした「初期マルクス」に依拠する「疎外論」の立場からのマルクス理解と受けとられるのがつねだった。吉本が一九六〇年代において、新左翼運動の「教祖」とみなされるようになった根拠のひとつはここにある。だが吉本のマルクス理解はとうていそうした枠組みにはおさまらない独自性、固有性を持っている。

吉本が引用のなかで用いている「疎外」という概念は、まず何よりも彼独自な概念である「逆立」から捉えられねばならない。とするならば、マルクスの「自然哲学」の次元において現われる全自然と全人間のあいだの疎外関係とは、原理的には、もし全自然に定位するならば全人間は消去されなければならず、逆に全人間に定位するなら全自然は消去されなければならないという関係として捉えられなければならないはずである。前者が、引用文中にある「人間が自然の〈有機的自然〉となる」ことであり、後者が「全自然が人間の〈非有機的身体〉になる」ことを意味するのはいうまでもない。ここで「関係の絶対性」としての社会的現実に対する新たな認識の次元が現われる。つまり「関係の絶対性」は全自然、言い換えれば自然の根源性に対する「逆立」の関係のなかで、全自然からの「疎外」としての位相にあるということになるのである。このことは、その反作用としての全自然の「関係の絶対性」からの疎外という側面も含めて、「関係の絶対性」の認識に新たな課題を迫ることになる。

ひとつは、人間存在の根源的な意味に関わる認識である。こうした「疎外」（逆立）関係を通して人間は、自然のありのままの存在過程としての自然過程から逸脱する存在となる。このことは人間存在の内部に、自然そのものにとってある種の過剰となる領域を生み出す。それが意識であり、吉本の『心的現象論』にそくせば「原生的疎外（異和）」を通じて生成する「心的世界」となる。ここに人間存在のなかの幻想性の次元の原理的な成立根拠が見出される。人間存在の本質は、この幻想性の次元を抜きにしては規定することはできない。ただしこのことは、人間が自然に対し一方的かつ能動的な優位性に立つことだけを意味するわけではない。心的世界を持つ人間存在はつねに同時に自然へと全面的に還元される可能性を持った自然存在でもあるからだ。それがもっとも根源的な形で現れるのが「死」である。「死」は人間の「有機的自然化」の完了を意味する。そこでは心的世界の固有性によって生み出された自然と人間の非連続性が解消され、人間は自然の連続性へと還元される。マルクスの「個人にたいする類の冷酷な勝利」という言葉はそうした事態を指し示している。この事態に人間が対抗しうるとすれば、「関係の絶対性」の内部に全自然を逆に疎外

（消去）する次元、すなわち心的世界に根ざした幻想性の水準において人間存在の連続性を生み出すしかない。つまり生命的には有限である個人の「死」を通した消滅が、ただちに人類の消滅に至らないための連続性の保証を幻想性の水準において確立するということである。それはある意味では、フロイトが人類の意識形成の歴史を定義するのに用いた有名なヘッケルの言葉「個体発生は系統発生を反復する」の持つ意味の問題にもつながる。つまり「関係の絶対性」の内部に幻想性の水準における連続性の形が歴史的に堆積されて共同性の地層を形成し、個人のそのつどの幻想性の水準はこの地層に根本的には規定されるという認識の問題である。それは同時に、誕生と死によって区切られる個人の存在過程が、どのようにそれを超える類の普遍性に妥当するかという問題にもなる。これらが「宗教、法、国家」という幻想性の領域の形成の土台となっていく。フロイトが『トーテムとタブー』のなかで想定した、「原－父殺し」による「性的乱婚」の禁止と贖罪の意識の発生は、幻想性の水準における社会およびそれが持つ規範形成の過程の説明原理であり、同時に個が類へと妥当するためのメカニズムでもあった[30]。

とはいえ、「死」という絶対的な「疎外」（同時にその解消）は、人間の根源的な不安、恐怖の契機として完全には消去されずに残り続ける。それはおそらく、「死」が絶対的な意味で代替不能な各個人にとっての「出来事」であるにもかかわらず、「死」の瞬間が心的世界の消滅を意味するため個人はそれを自分では体験できない、という矛盾に由来している。この矛盾のうちに、人間の幻想性の水準と完全な意味での非幻想性としての自然とのあいだの非連続的な継ぎ目が存在する。この非連続的な継ぎ目の存在こそ「疎外（逆立）」のもっとも本質的な意味に他ならない。それを物理的に超えられるのは、「臨死体験」における擬似的な生の世界と死後の世界の連続性の創出だけである。後に吉本が「臨死体験」に強い関心を抱いた理由はここにあったと考えられる。(31)

さらにいえば、決して自分では創造することが出来ない社会的（＝類的）存在であるにもかかわらず、個人の経験のなかでは自分自身のものとして了解されるという逆説を含むという意味で、ちょうど「死」と対角的な平行関係にある「言葉」もまた、この「死」のもたらす不安と恐怖へと対応するための本質的手段になりうる。この、いわば純粋に個人の幻想性の水準において、つまり「宗教、法、国家」という歴史的に堆積された共同性の水準においてではなく、個人の観念の水準において「死」を超えようとする「言葉」が、いわゆる機能的な伝達言語ではありえないことはいうまでもない。純粋に個人の観念の水準において現れる言語は文学的言語である他はない。こうした「言葉」の持つ意味が『言語にとって美とはなにか』の「自己表出」概念の根本的なモティーフになっているといってよいだろう。そして、これもまた後の吉本の仕事になるが、『書物の解体学』のなかでフランスの秘教的文学者・思想家であるモーリス・ブランショについて次のように書いていることの根拠にもなっていると考えることが出来る。「〈わたしは死にたい〉という単純な叫びの代わりに〈わたしは、わたしの死でもなければ、他者の死でもないような死を生きたい〉ということだけが、ブランショに残された〈可能性〉の世界であった」(32)。文学的言語がその先端において経験する生から死への、また死から生への観念を通した越境の形は、たとえばブランショが彼の「文学言語《エクリチュール》」概念の根源と見なしたカフカの作品世界が示唆するように、「法」として現出する幻想的な共同性の世界に対して「逆立」した関係を形づくる。(33)この問題は、おそらく「死」という非連続的な継ぎ目の問題であると同時に、「関係の絶対性」のうちに縫いこまれている幻想性の水準の内部における「逆立（疎外）」の問題につながっていく。それは、個が類によって滅却されることでも、個がそれに抵抗することでもない、いわば幻想的な共同性の手前、此岸にあって個と類の対立そのものを無効化する「だれのものでもない観念＝言葉＝死」の非人称的位相からする全幻想的共同性の水準の消去を意味している。吉本の『言語にとって美とはなにか』における「自己表出」概念は、ふつう考えられているように個人や主題の先験的な内面性の表現を意味しているわけではない。むしろ逆に「自己表出」の先には、類（関係の絶対性）との対立のなかで規定されている先験的な個（観念の絶対性）の消失という事態が現れるのである。それは、ブランショのいう意味でのエクリチュール（＝「作品《ウーブル》」）の非人称性に向かって個が「自己表出」もろとも溶融していくということを意味している。それが同時に「関係の絶対性」の世界の消去を意味することはいうまでもない。そこには、「ぼくが真実を口にすると、ほとんど全世界を凍らせるだろうという妄想によつて、ぼくは廃人であるさうだ[34]」という表現に込められている吉本の思考の原モティーフというべき要素が反映しているといってよいだろう。

*

ところで今述べたこととも関わるが、全自然と全人間のあいだの疎外関係は、「関係の絶対性」の内部における「疎外（逆立）」関係の問題としても現われる。それは、「関係の絶対性」のうちにおける幻想性の領域としての「宗教、法、国家」と、非幻想性の領域としての「市民社会（経済過程）」とのあいだの「疎外（逆立）」関係の問題に他ならない。そして「関係の絶対性」の内部においても、もし幻想性に定位するならば非幻想性の領域は消去されねばならず、非幻想性に定位するならば幻想性の領域は消去されなければならないのだ。ただしここでもひとつ吉本の議論に関する誤解を解いておかなければならない。

吉本は、後で触れる『共同幻想論』の初版の序のなかで、「マルクスが、経済的範疇というものを非常に重要なものだ、第一次的に重要なものだ、人類の歴史の中で重要なものだ、そしてその他のものはそれに影響されるというように考えたときに、ほんとうは幻想領域の問題は、そういう経済的範疇を扱う場合には大体捨象できるという前提があってそういっていると僕は理解しているわけです[35]」といっている。そしてさらに、「経済学でも、あるがままの現実の生産の学ではないのです。それは論理のある抽象度をもっているわけです[36]」とつけ加えている。このような吉本の言葉を読みながら、私はインターネット上の百科事典「ウィキペディア」の『共同幻想論』の項にある次のような指摘を想い起こしたのだった。「吉本は共同幻想を取り扱う上では経済構造は大胆に捨象できると主張しているが、その論の中では、「地上的な利害」や、「穀物の生成」、「農耕的な段階」、「土地の私有の発生」などという言葉が出てくるように、経済的な要素を切り捨てられてはいない。これは矛盾である。上部構造を語る上で、やはり下部構造は切り離せないものであり、その点において吉本はマルクス主義的な経済決定論を排除し切れてはいなかった[37]」。

吉本が、経済領域の側から幻想領域を捨象することができると考えるのは、先の引用にあるように経済学の「抽象度」によってであって、決して実体的に幻想領域と経済領域が分離出来ると考えているからではない。たしかに吉本の記述には実体的な捨象を連想させるところがあるが、厳密にいえば、「関係の絶対性」の枠組みのなかで生じる同一の現象が、幻想性の水準に定位してみれば幻想性の射影として浮かびあがり、非幻想性としての経済領域に定位してみれば経済領域の射影として浮かびあがるということなのである。射影どうしは相互に排他的であり両立しえないが、現象そのものとして排他的であるわけではないのだ。したがって経済領域に属するとみなされる現象でさえも幻想性の水準からみる見方がありえることになる。たとえば「商品」を考えてみよう。非幻想性に定位すれば、商品はある価格を持ち販売（購入）の対象となる一物質にすぎない。だが幻想性の水準から見れば、「商品は、一見したところ自明でありふれたものにおもえる。だがその分析が示すのは、商品が形而上学的へ理屈や神学的たわごとに満ちたやっかいなしろものであることである[38]」ということになる。ではなぜそうなるのか。それは、非幻想性において「価格」という貨幣によって表示される数値としての自明性が、幻想性の側から見れば、一商品のうちに貨幣の生成論理があらかじめ内包されることによってはじめて可能となる商品の「価値形態」のメカニズムの産物であり、しかもいったん商品の「価格」が成立してしまうとその「価値形態」のメカニズム（貨幣生成の論理）は逆に貨幣の側から消去されてしまうからである。この商品と貨幣の関係は非幻想性と幻想性の「逆立」関係である。つまり「商品」そのものに幻想性と非幻想性の「逆立」が組み込まれているのである。こうした事態を周知の通りマルクスは「物神性 Fetischismus」と呼んでいる。

マルクスの経済学は「経済学批判」と名づけられている。つまり経済学の非幻想性への無媒介的な依存と自明化を批判しようとするのがマルクスの経済学（批判）に他ならないのだ。そしてその批判の可能性が生じるのは経済学内部における幻想性と非幻想性の「逆立」によってだけである。だからこそマルクスはこの現象を狭義の経済用語ではなくむしろ宗教用語といってよい「物神性」という概念によって表現しているのである。「物神性」とは経済内部の「宗教」、つまり幻想性に他ならない。そしてこの幻想性は「貨幣」という「神」へと帰結するのである。ここからマルクスが経済の問題を単純に非幻想性の側からではなく、むしろ幻想性の水準の側から見ようとしていることが明らかになる。そしてこれは、「関係の絶対性」が自明化されるのは非幻想性に定位するときであることを、そして幻想性の水準から「関係の絶対性」を見ることとは、「関係の絶対性」の内部の幻想領域と非幻想領域の区分を行うためではなく、非幻想性によって自明化されている「関係の絶対性」の内部に「疎外（逆立）」の契機を探り当てるためであることを示している。言い換えれば幻想性の水準から「関係の絶対性」を見ることとは、一見すると自明化され自然過程のように現われる「関係の絶対性」のうちに、非連続的な継ぎ目を見出そうとすることに他ならないのだ。この継ぎ目を解していくことができれば、「関係の絶対性」は原理的に解体・再構成が可能となる。こうして吉本が、第二のマルクス体験を通してつかみとった幻想論の本質的なモティーフが明らかになる。

それは、かつての天皇制国家、さらには「憲法＝法国家」を含み、膨張する資本の支配力をますます強めようとしている日本社会の現実が形づくる「関係の絶対性」の構造を根底から覆す「反逆（革命）」の論理が可能となるのは、マルクスの幻想性をめぐる認識およびその根底にある「疎外」の認識を通してであるということである。したがって吉本の構想する幻想論体系とは、経済現象も含めた「関係の絶対性」についてのもっとも本質的かつラディカルな認識の体系に他ならない。先ほどみた「ウィキペディア」のような見解が完全な誤解といわなければならない理由はここにある。ここで柄谷行人の興味深い指摘を引用しておこう。「マルクスが『経済学・哲学手稿』（一八四四年）の段階でヘスの「交通」論の影響を受けていたことは明らかだが、先ほど引用したように、それは『ドイツ・イデオロギー』においても受け継がれている。ところが、その後、経済学研究に深入りするにつれて、マルクスは交通という言葉を、通常の意味でしか用いなくなった。それは、彼が『資本論』において、交通の一形態、すなわち共同体と共同体の間に生じる交易（商品交換）が拡大することによって成立した資本制研究に専念したということと切り離せないだろう。おそらく、このことが、国家や共同体、ネーションといった領域に関する考察を二次的なものにしてしまったのである」[39]。ここで「ヘスの「交通」論」と柄谷が言っているのは、「物質代謝」としての自然と人間の関係である。つまり吉本にそくしていえば、マルクスの「自然哲学」に潜む「自然の〈非有機的身体化〉と人間の〈有機的自然化〉」の相互関係のことである。柄谷行人はそうしたマルクスの考察の領域が後期になって消えていったという。それは、「国家や共同体、ネーションといった領域」に対する考察が消えていったのとパラレルな関係にある。柄谷のいう「国家や共同体、ネーションといった領域」が吉本のいう幻想領域、より精確に言えば幻想的な共同性の領域を指すことは明らかである。ここにおいて期せずして吉本のマルクスをめぐる問題意識と柄谷の問題意識が一致する。それは、吉本における第二のマルクス体験の意味を捉える上で重要な傍証となるだろう。

(19)「頽廃への誘い」『擬制の終焉』所収　六七頁

（20）こうした吉本の姿勢に対して、闘争放棄の口実にすぎないとか、転向だというような批判が存在したことは事実である。この批判の構図には日本の左翼運動における宿命的ともいえる呪縛の構造が現れている。すなわち「理論と実践の有機的統一」という呪縛である。理論がつねに実践と結びつき、実践によって検証されねばならないという認識はそれ自体としては間違ってはいない。だが問題は実践の内容である。吉本を批判した左翼たちの意識には、実践とはごく狭い意味での政治的実践（たとえば党活動）であるという妄執にも似た思い込みがこびりついており、それ以外の実践のイメージは存在しようがなかった。だが理論生産はそれ自体が実践的なものであり（ルイ・アルチュセール『マルクスのために』河野健二他訳平凡社ライブラリー　一九九四年　参照）、理論相互の討議的コミュニケーションもまた実践的である。理論の実践性とは政治的実践との直接的な結びつきではなく、現実との関わりのなかでたえずその生産過程と討議過程が公共的な言説空間に向かって開かれていくこと、そして理論がそれを通してたえず検証されることを意味する。その意味でいえば吉本は極めて実践的な思想家だった。

ところでもう一点、吉本の闘争概念がいわゆる「最大限綱領主義」で、つねに原理的レヴェルだけを問題にしており、個別的かつアド・ホックな闘争課題を無視ないしは侮蔑しているという批判も存在する。この批判には一定の根拠があり、前者の批判ほど無内容とはいえない。ただ原理的にいえば、個々の課題をめぐる「個別闘争」はいくら重ねていっても対国家権力の闘いの水準には到達しえない。個別闘争の水準と対国家権力闘争の水準は原理的に区別されねばならないのである。この点で左翼一般の個別闘争の位置づけは決定的に誤っており、だからこそ吉本の強い批判をあびることになったといえるだろう。にもかかわらずあらゆる闘争が個別的な局面からしか始まらないのも事実である。いきなり原理的な対国家権力闘争が出現するなどということは虚構にすぎない。この宿命的ともいえる個別闘争と原理的な対国家権力闘争の相互循環をどこで破るのかという問題には、吉本も明確に答えているとはいえない。とはいえ吉本の認識にしたがえば、どんなささやかな闘争でもそれが「関係の絶対性」内部の幻想性と非幻想性の非連続的な継ぎ目を浮かび上がらせることが出来たなら真の意味での革命的な闘いになりうるはずである。本章㈢参照。
(21)『言語にとって美とはなにか』Ⅰ・Ⅱ　勁草書房　一九六五年
(22)一九六五年から『試行』が廃刊された一九九七年まで連載されるが未完に終る。「序説」の部分が『心的現象論序説』（北洋社　一九七一年）として刊行される。残されたテクスト全体は『心的現象論』（文化科学高等研究院出版局　二〇〇八年）によってはじめて単行本化された。
(23)『共同幻想論』河出書房新社　一九六八年　本報告では本書からの引用に角川ソフィア文庫版　二〇一〇年を用いる。
(24)『カール・マルクス』試行出版部　一九六六年　光文社文庫　二〇〇六年　以下では光文社文庫版から引用する。
(25)「マルクス紀行」『カール・マルクス』一五～六頁
(26)同前　一六頁
(27)同前　二〇頁
(28)同前　二一～二二頁
(29)マルクスが一八四三年から四四年にかけてパリ在住時代に執筆した経済学と哲学に関するノートが、『経済学＝哲学手稿』と題されてモスクワのマルクス＝エンゲルス・アルヒーフの編集により『マルクス＝エンゲルス全集』第一部第三巻として公刊されたのは一九三二年のことだった。この新たなマルクスの未刊草稿の発表は大きな反響を呼び、早くも同じ年に最初の『手稿』研究であるヘルベルト・マルクーゼの『初期マルクス研究』が公刊される。日本では一九五一年、『マルクス＝エンゲルス選集』補巻四（大月書店）によってはじめて翻訳が公刊された。その後藤野渉訳による国民文庫版（一九六三年）および田中吉六・城塚登訳による岩波文庫版（一九六四年）が刊行され広く読まれるようになる。『手稿』受容史において注目すべきなのは、『手稿』が、戦後主体性論争の過程で正統派マルクス主義の科学的客観主義を批判しようとした主体的唯物論者たちのよりどころになったことである。この流れが後の新左翼運動誕生の思想的伏線となる。『手稿』の訳者のひとりでもある田中が一九五〇年に労働文化社から刊行した『主体的唯物論への途』、一九五二年に理論社から刊行した『史的唯物論の成立』、ブントと並ぶ新左翼組織「革命的共産主義者同盟」の創始者となる黒田寛一の『ヘーゲルとマルクス』（理論社　一九五二年）などはその代表的な例である。なお黒田が一九六一年に現代思潮社から刊行した『社会観の探求』は当時の『手稿』理解に大きな影響を与えた。
(30)『フロイト全集』第一二巻所収　岩波書店　二〇〇九年
(31) 吉本隆明『死の位相学』潮出版社　一九九七年　および　吉本隆明・森山公夫『異形の心的現象　統合失調症と文学の表現世界』批評社　二〇〇三年　参照。
(32)『書物の解体学』中央公論社　一九七五年　中公文庫版　一九八一年　八七頁
(33) モーリス・ブランショ『文学空間』（粟津則雄・出口裕弘訳）現代思潮社　一九六二年　参照。さらにはフランツ・カフカ「掟の門前」参照。このカフカの小編にはいろいろな翻訳版があるが、ジャック・デリダ『「掟の門前」をめぐって』（三浦信孝訳）朝日出版社　一九八六年　に原文も収められているので、デリダの論考と併せて読むことを薦めたい。
(34)「廃人の歌」詩集『転位のための十篇』所収　私家版　一九五三年　『吉本隆明詩集』および『吉本隆明全詩集』
(35)『共同幻想論』三〇～三一頁
(36) 同前　三一～三二頁
(37) 出典：http://ja.wikipedia.org/wiki/%E5%85%B1%E5%90%8C%E5%B9%BB%E6%83%B3%E8%AB%96
(38) Das Kapital. Bd, I Marx-Engels Werke Band 23, S. 85, Dietz Verlag, Berlin/DDR 1962.
(39) 柄谷行人『世界史の構造』岩波書店　二〇一〇年　一六頁

Ⅲ　「大衆の原像」と「自立」

吉本が第二のマルクス体験を通して「幻想性」の領域を見出したことの意味は、おそらく当時の吉本の思想的位置をどう捉えるかという問題と結びついてくる。それは状況論ふうにいえば、安保闘争敗北後を経て日本マルクス主義思想および戦前から戦後へと連なる共産党を中心とした革命運動に内在していた負性がいよいよ最終的な形で克服されるべき段階に達したという認識の問題になるだろう。いかなる意味でも「関係の絶対性」の強いる観念の相対化の問題を自覚することなく、「論理自体のオートマチスムス」（「転向論」）の内部で自らの「正しさ」を自己準拠的に再生産し続ける日本マルクス主義思想と革命運動、つまり「古典的左翼」の党派性の論理が、そこに同伴する党派的知識人の論理とともに、原理的な形で止揚されるべき段階に来たということである。

すでに触れたように吉本は、この古典的な党派性の止揚がもはや古典的左翼へのさまざまな形での直接的な批判によってはなしえないと認識しつつあった。というのもこうした批判自体が批判する当の対象の水準、つまり古典的な党派性の論理の「鏡」になってしまうからである。「観念の絶対性」は、「関係の絶対性」によって自らが相対化されることに対して無自覚なとき、必ず恣意性におちいる。この恣意性が党派性に他ならない。そしてこのことを自覚しないまま「観念の絶対性」の内部である党派性の批判を行うとき、それもまたもうひとつの党派性におちいっていく。その典型が、古典的左翼を「スターリン主義」として批判して、「反帝国主義・反スターリン主義（反帝・反スタ）」というスローガンを掲げた革命的共産主義者同盟（革共同）であった。安保闘争敗北後のブントの解体過程で多くの活動家を吸収していった革共同は、共産党に代わる前衛党の建設を唱え始めることによってたちまち「反帝・反スタ」を党派性の論理へとすり替えてしまったのだった。(1) 一方共産党は一九六一年の第八回党大会においてあらためて「三二テーゼ」以来の二段階革命論を確認する新綱領を採択し、それに批判的だった日本における先進国型の平和革命を目ざす構造改革派と呼ばれるグループや花田清輝ら『新日本文学』を中心とする文学者グループを党から追放した。追放されたグループはもちろん共産党批判を展開するが、これもまた党派性の内部での相互循環を超えることはなかった。吉本は、こうした状況に対し個別的な批判を行いながらも（『擬制の終焉』第一部所収の諸論文参照）、次第にこうした「鏡」をはさんで「正」と「反」が向きあい循環しあう「対偶」のような党派性の論理の構造そのものの原理的な解体と止揚に向かわねばならないことを自覚していった。それはすでに言及したように、あらゆる「観念の絶対性」に相対化を強いる「関係の絶対性」そのものに踏み込んでその構造や論理を認識すること、そしてそれを通して「関係の絶対性」そのものの解体と止揚へと向かうこととして現われてこなければならないはずだった。それを促したのが第二のマルクス体験であり、そこから抽き出されたのが幻想論という課題であった。

私たちは、ここであらためて吉本の構想しようとする幻想論がこの段階で「関係の絶対性」との相関において見出されたものであることに注目しなければならない。いうまでもないがそこでまず問われなければならなかったのは「関係の絶対性」が強いる観念の相対化である。党派性はこの観念の相対化を自覚しえない観念の自己準拠の絶対化、つまり恣意性によって発生するからである。もちろんこの相対化は「関係の絶対性」そのものの無媒介な肯定を意味してはいない。すでに見たようにそれは転向の論理でしかないからである。とするならば問題は依然として「関係の絶対性」と「観念の絶対性（自己準拠）」のあいだの相剋、つまり観念の相対化のうちに見出される「関係の絶対性」と観念の「逆立」、言い換えれば両者の裂け目・断絶点でなければならないことになる。「関係の絶対性」の無媒介な肯定でも、「観念の絶対性」への自己準拠的な依拠から生まれる党派性への安住でもなく、両者の関係を通して「関係の絶対性」の内部へと分け入りその原理的な止揚を目ざす観念の運動としての思想の可能性を問うことが問題であるとすれば、その可能性はこの裂け目・断絶点からしか見えてこないはずである。そこにしか観念＝思想と「関係の絶対性」がぶつかりあい、それを通して観念＝思想の運動が真の意味で「関係の絶対性」のなかへと分け入っていく場はないからである。すでにマルクスとの関連で見てきたように、それが吉本の幻想論の出自となっていく。そして重要なのは、このように幻想論の出自を考えるならば、幻想性は単純に社会を構成する実体的要素として受け取ってはならないということである。

こうした幻想論の問題性は本質的に、マルクスの価値形態論における「物神性」の問題、すなわち商品→貨幣→資本の自己増殖的連続性のなかに商品と貨幣の交換の不可逆的な非連続性＝転回点・顚倒を見出すという課題や、フロイトにおける無意識の発見の問題、つまり意識の連続性のうちに無意識という非連続点を見出すという課題と共通した性格を持っている。だとすれば吉本における幻想性の認識はある種の「強い視差＝パララックス」[2]として捉えることが出来るのではないだろうか。つまり幻想性とはある実体的なものではなく、パララックスな見方・視点のなかから生じてくるものだということである。「関係の絶対性」のなかで固着し自明化されているように見える諸現象（国家、言語、商品等々）をパララックスな見方にさらすことによって根底からひっくり返し問い直すことが幻想論の課題なのである。このように見るならば、吉本のマルクス理解が、マルクスの思想を初期と後期に分けた上で、初期に依拠する「疎外論」主義だなどということが出来ないことは明らかである。「疎外」もまたパララックスな見方・視点に他ならないからであり、後期の『資本論』における「物神性」の持つ意味と本質的には変わらないからである。

吉本にとってマルクスを「自然哲学」から見ることは、マルクスの「疎外」概念をパララックスとしてみることと同義であった。そしてそれが同時に「関係の絶対性」を幻想性においてみることの意味ともなる。これが逆立の意味に他ならない。そして幻想性においてみることはそれ自体が幻想性を解体する観念＝思想の運動になる。幻想性がパララックスである根拠はそこにある。こうしてみてくると幻想性は二重の意味を持つと考えねばならなくなる。つまり既存化され「関係の絶対性」の構成要素に組み込まれている幻想性とそれをパララックスな視点によって相対化し解体する根拠としての、言い換えれば方法概念としての幻想性である。前者が窮極的に国家の幻想性であることはいうまでもない。そして後者がこの時期に吉本が使い始めた「自立」という概念の根拠となる。

この時期の吉本におけるもうひとつの問題が浮上してくる。それはすでに触れたように「大衆」

の問題である。これもまたすでに言及したように、吉本にとって安保闘争、とくにその頂点としての六月一五日の闘いの持っていた最大の意味は、大衆の政治過程への自発的かつ直接的な登場であった。それは、「関係の絶対性」がその内部に大きな亀裂を生じさせた瞬間でもあった。「関係の絶対性」の基層をなしている大衆が政治過程へと登場すること、言い換えれば「観念の絶対性」の過程へとせり出してくることは、「関係の絶対性」そのものが大きく揺らぎ流動化することを意味するとともに、政治過程に潜む「観念の絶対性」の構造そのものをも根底から揺るがす根拠ともなるからである。それは、日本のマルクス主義革命思想に、党派性への自己準拠と循環のうちに閉塞している状況を脱却する可能性がはじめて与えられた瞬間であった。なぜならそれは、観念としてのマルクス主義革命思想に、党派性のうちに閉塞する知識人の「観念の絶対性（恣意性）」からではなく、政治過程へと登場しつつあった大衆の側から革命の意味を捉える可能性がはじめて与えられた瞬間だったからである。大衆が観念の過程へ介入する過程を通してマルクス主義革命思想が形成される可能性は吉本がずっと追求してきた課題だった。

その可能性が与えられたことは同時に、「日本封建制の優性への屈服」（「転向論」）としての転向によってでも、「論理自体のオートマチスムス」としての非転向（という名の転向）によってでもない、日本革命思想と大衆の本質的意味での結合の可能性が与えられたということを意味していた。それはとりもなおさず日本革命思想の負性の根本的な克服の可能性が与えられたということでもあった。とするならばこの時期の吉本にとっての本質的な課題は、幻想論がどのようにしてこうした大衆の観念への介入の過程と結びつきうるかという問題になるはずである。それは吉本の言葉を使えば、「自立」と「大衆の原像」の結びつきという課題に他ならなかった。

ここであらためて吉本の視点のなかにおける大衆の意味について見ておきたい。すでに述べたように大衆は「関係の絶対性」の基層を形づくっている。したがって大衆は基本的に自然過程に属しており、それ自体で自足している存在である。それは大衆がなんらかの観念によって指導・教化されたり倫理化されるべき存在ではないことを意味する。ようするに大衆とは存在そのものであり、排外的ナショナリズムに熱狂したり安保闘争に登場したりする善悪に対しニュートラルな存在、言い換えれば「善悪の彼岸」そのものなのだ。だとすれば、「関係の絶対性」において自然過程と観念がぶつかりあい観念の側が相対化される場面は、具体的には観念が大衆の存在とぶつかりあう場面だということになるはずである。このとき大衆は現象的には観念に対して幻想的にも非幻想的にも現れうる。非幻想的には「社会的諸関係の総和」として現われうるし、幻想的には「関係の絶対性」がそのつどもたらす習俗や規範として現われうる。したがって大衆もまた固定的な実体ではない。つまり大衆は存在の自然過程として、相対性のうちにある観念に対し、その臨界点として現われてくるものである。つまり観念がそのままでは決して踏み込み得ないもの、そこへ踏み込もうとすれば観念自身がいわば「逆立」によって解体・消去されてしまう他ないものが大衆なのである。

だがあえて観念がこうした臨界点を踏み越えて大衆のなかへと分け入ろうとするとき、より精確にいえばそこへと分け入ろうとして「逆立」にさらされ解体されるとき、観念のそうした自己解体に呼応する形で大衆概念も変容する。大衆はそこで、「観念の絶対性」と「関係の絶対性」の対立と循環の関係の基底にある、この対立と循環の関係そのものを解体し止揚する根拠としての意味を持つことになる。これが吉本のいう「大衆の原像」に他ならない。「関係の絶対性」の内部に自然過程として属している大衆と、この「大衆の原像」として捉えられた大衆は同じ存在でありながら本質的な違いを含んでいる。いわば大衆自身がパララックスな二重性を帯び、幻想性のパララックスな二重性と同じ構造を持つことになるのである。この大衆の二重性と幻想性の二重性の照応関係が「大衆の原像」と「自立」の結びつきの根拠となる。「わたしたちは、はっきりいっておく必要がある。〈家〉の共同性（対共同〔＝後の「対幻想」〕）は、習俗、信仰、感性の体系を、現実の家族関係と一見独立して進展させることはあっても、けっして社会の共同性をまねきよせることも、国家の共同性をまねきよせることもしないと。〈家〉の共同性が、社会や国家（このふたつは相互規定的である）をまねきよせるものとしたら、それは社会や国家がただ家族の成員の社会的幻想の表出を、ちょうどヴェールをはぎとるように、かすめとってゆく点においてだけである。ここでもまた、大衆の原像は、つねに〈まだ〉国家や社会になりきらない過渡的な存在であるとともに、すでに国家や社会をこえた何ものかである[3]」。

「家」に象徴される大衆の存在の自然過程が、いかなる形でも国家や社会に転化されたり還元されたりすることなく、それ自体として自覚的に取り出されるとき、大衆は「大衆の原像」となるのである。それが「すでに国家や社会をこえた何ものかである」ことによって、そしてそこに国家や社会の幻想性を解体しようとする観念＝思想としての幻想性が結びつくことによって、その観念＝思想ははじめて党派性の枠組みを超える真の意味で自立した思想の要件を獲得するのである。

この結びつきをもう少し詳しく捉えるために、ずっと後になって吉本が『最後の親鸞[4]』のなかで使った「往相」と「還相」という言葉を通して考えてみたい。このふたつの言葉はもともと仏教用語だが、吉本はそこに独自の思想的意味を加えている。「往相」というのは基本的に自然過程のことである。観念にとって「往相」は観念の内部で自己増殖的に上昇していく過程を意味する。単純化していえば知的上昇の過程である。「転向論」において示された「論理自体のオートマチスムス」とは観念における「往相」の現われに他ならない。さらには観念が幻想的な共同性としての宗教、法、国家の形成へ向かう過程もまた「往相」に他ならない。一方大衆のほうから見れば「往相」は存在の自然過程をどこまでも進んで行くことを意味する。ようするに生き暮らし死んでいく過程そのものが「往相」である。そうした存在の自然過程が幻想的な共同性の基盤ともなることはいうまでもない。それに対して「還相」は、自然過程を登りつめて極限までいった道をもう一度逆に辿りなおすことを意味する。観念から見ればそれは、無限の上昇過程を歩んできた観念が存在の自然過程である大衆と出遭うことによってその臨界点に達し、いわば反転的に観念の自己否定の過程、言い換えれば「逆立」による消去の過程を自ら辿っていくことを意味する。大衆の側からいえば「還相」は、存在の自然過程を辿っていた大衆が、その自然過程のはてに、言い換えれば観念自身の「往相」の過程とは正反対の回路をたどって観念に向かってせり出し介入していくことを意味する。したがって「還相」においてはじめて大衆と観念が真の意味で出遭うこと、言い換えれば大衆と観念の本当の意味での結びつきの可能性が生まれるのである。

ここで問題の中心が「還相」にあることはいうまでもない。たとえば「往相」の側面において生成する幻想的な共同性を記述的に描写することが、吉本の幻想論のほんとうの課題とはいえない。

今まではだいたいそのように解釈されてきたがそれは誤りといわねばならない。吉本の幻想論の真のモティーフとは、「還相」の側面、視点から、言い換えれば「関係の絶対性」と観念の対立を解体し止揚するという視点から幻想性を捉えることにある。このとき大衆概念と方法としての幻想性が結びつく。それは、「関係の絶対性」を生成させる根源、いわば産出する自然であり力である大衆、そして「関係の絶対性」に伴うあらゆる幻想性の水準の起源でもある大衆が方法としての幻想性である観念＝思想に向かってせり出していく過程と、そこに幻想性の水準の頂点から還ってくる「還相」の過程にある、「往相」の過程での観念の無限上昇を否定しようとする観念＝思想の運動が遭遇することに他ならない。このとき「還相」の過程にある観念＝思想の側から捉えられた大衆のあり方が「大衆の原像」であり、そこに向かって観念＝思想が自己否定的に結びついていくことが「自立」の意味となるのである。繰り返しになるがこれは「関係の絶対性」の後にくるもの、つまり「関係の絶対性」の成立が前提となって初めて可能となる運動である。それは思想的な意味での「事後性」（フロイト）の問題であるといってもよい。幻想性を解体する方法としての幻想性とは、自らが事後的なものであることを自覚し、「関係の絶対性」の根源としての大衆に向かって自己否定的に還っていくことの出来る「非知」としての観念＝思想、「還相」としての観念＝思想のあり方に他ならない。こうした吉本の幻想論の出自についてここでふたつの評論を通して具体的に検証しておきたいと思う。それは一九六三年に発表された「模写と鏡」[5]と、一九六五年に発表された「自立の思想的拠点」[6]である。

（1）　この点に関連してひとつの問題提起をしておきたい。それは、安保闘争およびその後の過程で当時の日本新左翼運動にもっとも大きな思想的影響を与えた宇野弘蔵の経済学理論の問題である。宇野は、マルクス経済学体系を原理論・段階論・現状分析の三段階に分類・整理し、歴史過程から抽象化された形で抽出された純粋資本主義モデルを扱う原理論の段階においては、経済学が実際の歴史過程、とりわけ階級闘争や革命闘争として現れる実践的な政治過程からは完全に切り離されると主張した（『経済原論』一九五〇～五二年　岩波書店　岩波全書版　一九六四年　および『経済学方法論』『経済学体系』第一巻　東京大学出版会　一九六二年　鈴木鴻一郎『経済学原理論』同第二・三巻　一九六〇年参照）。一見すると宇野は、経済学の科学性（関係の絶対性）を政治的実践（観念の絶対性）から切り離して担保するためにこうした主張を行っているように見える。実際宇野自身もそう考えていただろう。だが奇妙なことに新左翼の側では、宇野のこうした主張が、経済学を「科学」のなかに封じ込め、それ以外の分野においては完全に政治的実践の自立性と自由を確保するための根拠へと読み換えられたのである。つまり宇野経済学と新左翼によるその受容とのあいだには、経済学の非幻想性と政治的実践の幻想性のあいだのまさに「逆立」関係が落差として投影されているのである。そしてこの「逆立」関係は同時に相互循環関係でもあった（宇野弘蔵・梅本克己『社会科学と弁証法』岩波書店　一九七六年参照）。吉本が幻想論において目ざそうとしたのは、このような非幻想性と幻想性の相互循環構造そのものの解体にあった。

（2）柄谷行人『トランスクリティーク』批評空間社　二〇〇一年　『定本柄谷行人集』三　岩波書店　二〇〇四年　および　スラヴォイ・ジジェク『パララックス・ヴュー』（山本耕一訳）作品社　二〇一〇年参照。

（3）「情況とはなにか」Ⅵ　『自立の思想的拠点』所収　一五八頁

（4）『最後の親鸞』春秋社　一九七六年　増補版　一九八一年　ちくま学芸文庫　二〇〇二年

（5）『模写と鏡』所収

（6）『自立の思想的拠点』所収

(1)「模写と鏡」

「模写と鏡」は、一九六〇年に表面化し、古典的左翼の党派性にとって深刻な衝撃となった中ソ論争を背景にして書かれた文章である。もちろん日本の状況にそくしていえば、安保闘争後の左翼諸党派の解体と分裂がすでにそうした党派性のあり方に根本的な打撃を与えていた。中ソ論争はいわばその最終的な確認の機会だったというべきかもしれない。それについて吉本は次のように言っている。「ここでとりだしたいのは、ただひとつのことである。戦後最大の闘争であり、また近代史最大の組織的たたかいであるとかんがえられる安保、三池の闘争を契機にして、すべての運動はそれ自体の現実にはじきかえされたということである。この闘争は、AとBとが異った現実に思想の構想力をすえているとすれば、AとBとはそれぞれの思想の現実的な契機にたちかえらねばならないということを生命に刻みつけたのである[7]」。

ここで吉本のいう「現実」が「関係の絶対性」を意味していることはいうまでもないだろう。とするならば三池炭鉱争議を含む安保闘争の過程が個々の戦いに対してつきつけたのは、それぞれの戦いがそれぞれなりのしかたで「関係の絶対性」としての現実にぶつかり、それによって「はじきかえされた」という事実、言い換えればそれぞれの戦いが「関係の絶対性」によってその闘争理念としての各々の「観念の絶対性」を徹底的に相対化され解体されたという事実である。「対米従属」を脱するための民族民主革命に向けた闘いという理念をもって安保闘争に取り組んだ共産党も、「安保闘争を日本革命へ」という理念のもとに急進的運動を展開したブントも、「反帝反スタ前衛党建設」という理念によって安保闘争後の状況を打開しようとした革共同も、日本を先進国として捉えた上で民主主義的手段を通した平和的移行によって社会主義を目ざそうとした構造改革派も、すべてこの相対化と解体の事実をまぬがれることは出来なかった。とするならばそれぞれの戦いとそれを支えていた闘争理念は、自らの思想的契機をこの相対化と解体を強いた「関係の絶対性」としての現実に、より精確にいえばそうした現実とぶつかりあう際の自らの観念の内部の相剋と軋みに求める他はなかったはずだ。それは表面的にはそれぞれの闘争理念の解体と分裂という形でしか現われ得ない。「個々人が背負う小さな情況はさまざまに交錯し、いなづまのような緊張と屈折をくりかえしながら、潜在的に、ここ数年来の流転的なはげしい解体と分裂と空洞を用意していたともいえる[8]」。したがって本来ならば、それぞれの闘争理念に潜む思想的な契機はこの解体と分裂を強いる現実の核心へと迫らねばならないはずだった。

だが安保闘争敗北の重みを一身に引き受けつつ分解していったブントを除くと、既成政治組織はそのような過程をたどらなかった。彼らは自分たちの組織の存続のために、相変わらず相対化されたはずの「観念の絶対性」の世界に、そしてそこから投影される仮象にすぎない党派性にすがる他なかったからである。その指標になったのが、資本主義と社会主義というふたつの「体制」のあいだの対立を現在の世界の基本要素と見る視点、つまり世界をそれぞれの国家ブロックのあいだの対立関係において見るという視点だった。それは戦後冷戦期に典型的な世界認識の図式に他ならない。だがその対立構造のはざまからは、さらにこの国家ブロック間の関係についてのふたつの見方のあいだの対立、すなわちソ連のフルシチョフが唱えた「平和共存」路線（社会主義体制の物質的生産力の向上と生活改善によって資本主義との平和裡の競争に打ち勝つこと）と中国の毛沢東の唱えた「反帝民族解放闘争」路線（帝国主義的世界支配の弱い環としての貧しい第三世界を中心とした民族解放闘争をそのまま反帝国主義闘争へと発展させること）のあいだの対立が生じる。これが中ソ対立である。社会主義陣営の二大勢力であるソ連と中国の対立のなかで、日本国内も含めた世界のさまざまな闘い、それを担う闘争理念、そしてその主体はおしなべてソ連派か、中国派という形でこの対立図式の反映、つまり「模写」とならざるをえなかった。そこに深刻な混乱や葛藤、矛盾が伴なったことはいうまでもない。一九六三年には志賀義雄ら共産党内部のソ連派が国会における部分核実験停止条約への賛成行動を口実に党を除名されるという事件も起きている。

だが中ソ対立はいかなる意味でも彼らの、社会主義と資本主義の対立という世界認識の先験性に影響を与えることはなかった。「関係の絶対性」の核心に向かって迫る代わりに、彼らは相対化され解体と分裂にさらされたはずの先験的な真理としての「社会主義」という「観念の絶対性（というよりも恣意性）」へと固執し続ける。ようするに彼らは本質的に、社会主義の先験的な真理に基づく社会主義と資本主義の対立図式を「模写」する「鏡」にすぎないのだ。だからこそその先験性の土台であるソ連と中国が対立することに衝撃を受けてしまうと同時に、相変わらず社会主義の先験的真理性への確信はみじんも揺るがないというはなはだ矛盾した構図が生まれるのである。現実から遊離した架空の観念図式にしがみつこうとするこれらの諸運動・組織の態度は、結局彼らが古典的な党派性を克服する意志も能力も持っていないことを証明しただけであった。「中ソ論争に顕在化された現在の国際「社会主義」者によってとられている見解のうち、いずれも共通であり奇異にたえないのは、国家同盟ブロックによる「社会主義」と「資本主義」の二つの体制という擬制を、まるで当然のように前提としている事である」[9]。

ではこの「社会主義」ブロックと「資本主義」ブロックの対立という世界図式の架空性を打破し、真の意味での現実的契機、「関係の絶対性」の核心へと迫りうる観念=思想の契機とは何だろうか。吉本によればそれは、「大衆の政治的アパシーの力、いわば生産の高度化をうながした大衆社会の力」[10]である。この「力」は同時に、「いままで重なっているようにみえた」闘いや運動・組織の「貌を、解像させる客観力」[11]でもある。そしてこうした「解像」の結果見えてくるのは、「「資本主義」体制と「社会主義」体制との機構的な同位性であり、そこで拡散している大衆社会の全世界的な規模での表象である」[12]。社会主義の先験的真理性はここで「大衆の政治的アパシーの力」によって徹底的に相対化され、資本主義体制との「機構的同位性」に還元されてしまう。

逆に言えば、「関係の絶対性」への切り込みを可能にするもの、言い換えれば「関係の絶対性」の水位に達することの出来る真の革命理念の根拠とは、「社会主義」対「資本主義」という「関係の絶対性」とは無関係な世界を横断的に覆っている抽象的・観念的図式ではなく、その図式平面を垂直に穿ちつつ噴出してくる「大衆社会」の力そのものであることになる。それが同時に党派性の解体と止揚の根拠となるのはいうまでもない。

「大衆の政治的アパシーの力」は、日本の状況にそくしていえば、安保闘争時の岸内閣が退陣した後登場した池田内閣によって推し進められた「所得倍増計画」とともに一挙に加速される大衆の非政治化と私生活優的な傾向（マイ・ホーム主義）と対応していたといってよい。とはいえこの傾向はすでに安保闘争以前の一九五〇年代後半から顕著になりつつあった。

＊

一九五五年保守勢力が合同して自由民主党が結成され、さらには左派社会党と右派社会党の統一によって日本社会党が結成されるとともに、いわゆる「五五年体制」が成立し政治的安定が達成された。日本経済はほぼ戦前の生産水準を回復し、一九五六年の『経済白書』は「もはや戦後ではない」という有名な宣言を行う。五〇年代の後半に入るとさらに経済成長が加速され、六〇年代に本格化する高度成長の傾向を先取りしていく。

こうした過程は、「戦後」という時代およびそこにおける日本人の意識のあり方に大きな変化をもたらした。「戦後改革」とともに始まった、「平和と民主主義」の実現を目指す戦後民主主義（戦後啓蒙）の歩みと、それを支える理念的枠組みが急速に解体し始め、それに代わって私生活における豊かさの実現を求める傾向が強まってゆく。そして、明確なイデオロギー的方向性や価値意識を持たず、自分や家族の幸福、すなわち私的な欲望の充足を一義的に考え、そのつどの政治・社会状況に対しマスメディアなどの影響によって極めて流動的な反応を示す不定形な、「大衆」と呼ばれる集団が形成されてくる。この大衆と呼ばれる集団は、かつての「臣民」とも、「人民」「民族」とも、「市民」「国民」とも違う存在である。

このような大衆の形成のもっとも大きな要因となったのは、経済成長に伴なう農村部の解体と都市化の急速な進行である。農村を出て都会で職を求める人間の増大によって生じた人口の都市部への集中は、農村部に残存していた地縁や血縁を土台とする「第一のムラ」も、都市部のエリート層に存在していた同郷意識や同窓意識の根ざす「第二のムラ」的な関係の紐帯もともに解体し[13]、バラバラに分解された流動的な個人の集まりとしての膨大な都市部大衆集団を生み出した。こうした状況を、政治学者の松下圭一は、一九五六年に発表された論文「大衆国家の成立とその問題性[14]」において「大衆社会」と呼んだ。松下によれば、こうした大衆社会においては、個々人はムラ的な共同体の拘束から解放されるとともに、マルクス主義がいうような資本家階級（ブルジョアジー）と労働者階級（プロレタリアート）との階級対立の枠組みからも解放されて、極めて均質的な生活スタイルを持ち、非政治的かつ受動的な性格を帯びた大衆という集団を形成していくことになる。こうした大衆に対しては近代主義的な「啓蒙」も、マルクス主義的な「革命」のプロパガンダももはや力を持ち得なくなる。大衆の意識動向を規定するのは、物質的な経済力（より多くの目に見える私的な幸福を提供してくれる源泉）とマスメディア（社会に関する情報や知識を提供し態度決定をサポートしてくれる源泉）である。しかも都市部の大衆、とくに経済成長の中にあって日々自分たちの生活の豊かさの増大を実感しつつある大衆には、自らの生活を肯定し、それを守っていこうとするという意味での非政治的な保守意識が、そうした生活を保証してくれる環境としての「日本というクニ」の枠組みへの、ムラ的な強い規範性を持った帰属意識とは異なる、よりゆるやかで流動性を含んだ帰属意識、より端的にいえば利害関係に基づくビジネスライクな帰属意識（それは企業への帰属意識と似ている）が、私生活優先主義と表裏一体の形で生まれてくる。松下はそれを、政治性の強いナショナリズムと区別して「大衆ナショナリズム」と呼んだ。その一方、こうした都市部大衆のなかに、伝統的な「ムラ」社会の紐帯を失って、孤独な都市生活に埋没してゆくことへの漠然とした不安感や、匿名の労働力として生産過程の一歯車にされてゆくことへの不満、疎外感も生まれ始めていたことに注目しなければならない。

安保闘争において高揚した大衆の力は五〇年代後半から顕著になりつつあったこのような大衆社会と大衆ナショナリズムを背景にして考えなければならない。たとえばそれは、安保闘争の過程でブントの急進的運動がなぜあれほどの強いインパクトと共感を呼んだかという問題とも関連している。

ブントは共産党の民族民主二段階革命論を批判し世界社会主義革命論を唱えた。それ自体は左翼内部の理論問題であり大衆の高揚とは直接関係はない。しかしそこにはたんに革命理論の問題というだけにとどまらない意味が結果的には含まれていたのだった。ブントの共産党批判と世界革命論が期せずして、戦前から戦後にかけての日本マルクス主義を、さらにいえば日本の知識人総体を根深く呪縛し続けてきた「遅れた日本」「前近代性を残した日本」という認識に根ざしている「劣った」大衆の啓蒙・教化という発想の枠組みをあっさり吹き飛ばしてしまったからである。そこからはじめて日本の革命運動があるがままの大衆の水準と触れ合う可能性が生じたのだった。同時にブントの世界革命論は、やはり戦前から戦後にかけての日本人の意識を執拗に拘束してきた広い意味での民族＝国家ナショナリズムの枠組みをも吹き飛ばしてしまった。丸山眞男や大塚久雄のような近代主義者にさえ残っていた「あるべき日本」という国家の理念型とそこから導かれる啓蒙主義イデオロギーとしての「市民民主主義」も、共産党のいわゆる「反米愛国」ナショナリズムも、結果的にはブントの世界革命論に含まれる感性——理論ではない——によってその存立基盤を突き崩されてしまったのである。ブントの革命論にはらまれていた政治的感性とは、それまでの日本人の意識においては到底現れえなかった先進国に特有な無国籍的コスモポリタニズムの感性に他ならなかった。それは別な側面からいえば、戦争期に頂点を迎えた「国家総動員体制」へと収斂していく日本の民族＝国家ナショナリズムがはじめて本質的に解体し始めたことの指標でもあった[15]。そして奇妙な、というか興味深いことに、そうしたブントの感性は大衆社会において生じた「大衆ナショナリズム」状況とぴったり符号したのである。

市場やマスメディアによって提供される、地域や伝統から切り離され無国籍化した均質な商品（たとえば「コカ・コーラ」）や情報・風俗（たとえば「ロックンロール」や「モッズファッション」）が何の抵抗もなく受け入れられてゆくのと同質な要素が、ブントの政治的感性には働いていた。同時に、非政治化や私生活優先主義の傾向、先進国化に伴なって生じる社会の高度な管理化や，複雑化した社会の中で自分の居場所や存在根拠を見出せないという疎外感の高まりという問題もブントの政治的感性に投影されていた。こうしたブントの政治的感性が、安保闘争において有力な契機として働いていたとすれば、それは、安保闘争のうちに、大衆社会状況とともに生まれ、未だその明確な表現を見出せずにいた未知な要素が含まれていたことを示唆している。それは吉本にそくしていえば、啓蒙や教化の対象とも、「転向」の過程で現われた「日本封建制の優性遺伝的因子」とも異なる、自らの私性を自然過程においてあるがままに肯定し、同時にそのあるがままの自然過程において自力で観念の過程へと介入しうるようになった大衆の新たな存在様態である。それは、日本が先進国の段階へと到達するとともに現われた大衆社会状況においてのみ可能となった大衆のあり方でもある。そこには、「遅れ」に伴なうコンプレックスやその裏返しとしての頑迷なナショナリズム、ファナティズムから解放され、私性という次元での自立と自足に向けて動き出した個人の感覚および意識がみてとれる。さらにいえば、過剰な使命感や倫理意識からも、全体への奉仕感覚からも自由になった、ありのままの生活の平面に接合される政治的意識の形成の可能性がそこに生まれつつあるのが看取されるはずである。つまり公対私という二項対立に代わって私の原理と公の原理が対等な形で一つに融合しあうような感覚が生まれるということである。

このように見てくるとき、ブントの政治的感性が、主として近代主義者と「転向」マルクス主義者との共同作業によって形成された戦後意識、あるいはその戦後意識から生じた「戦後啓蒙＝近代化の推進」および「平和と民主主義」の実現という理念の共同性とは根本的に異質なものであることが明らかになる。より端的にいえばそうした理念の共同性への根本的な異議申し立てというところにブントの政治的感性の意味があったのだった。繰り返しになるが、こうしたブントの政治的感性に対応するのが大衆の新たな存在様態に他ならない。吉本が「大衆の政治的アパシーの力」と呼ぶのは大衆のこのような存在様態の持つ力である。このような力にこそ大衆の存在性格の本質が見出されねばならないという視点が、吉本の大衆の見方の最大の特徴といってよい。イデオロギーのレヴェルでの左右の動向などこうした大衆の力とは無縁なものにすぎない。だからこそ安保闘争で吉本は、そうした「大衆の政治的アパシーの力」に鋭く感応したブントの政治的感性に共感したのである。「去年共産主義者同盟と共闘したのは、そこに新しい思想態度をみたからだ。日本の現代史がはじめて産みおとしたものの影をみたからだ。日本の太平洋戦争はマルクス主義の転向を生んだ。これらの転向者は、その体験を思想的に構築することによって、いいかえればマルクス主義の土着の可能性に方向を与えることによってしか、戦後存在の価値はないはずなのだ。

ところで、日本の戦争そのものが生みおとしたおれたちの課題はなにか。それは反動的思想の価値を否定的に媒介するという逆方向からの日本論、日本革命論をやることしかないし、それをやってきたさ。その結論の果てには、どうしても共産主義者同盟のような幻があらわれねばならないはずなのだ」[16]。かつて「日本革命」が現実的可能性を持ったのは、唯一昭和超国家主義運動、とくに農本主義ファシズムという「反動的思想」と大衆の一定の動向が結びついた五・一五や二・二六のような「昭和維新」においてだけだった。共産党の運動が革命の現実的可能性と結びついたことは一度もなかった。とするならば日本革命の理念、その可能性の条件は、好むと好まざるとこの「昭和維新」という反動的・退行的な「革命」への志向においてただ一回実現した革命の理念と大衆の結びつきを媒介にする以外にはありえないはずである。安保闘争において示されたブントへの大衆的な共感をそのことの現代的反映と見ようとするところに、吉本のブントへの共感の根拠はあった。

もう一度「模写と鏡」に戻ろう。このような大衆に定位するかぎり、「関係の絶対性」としての世界構造の対する闘い（反逆・革命）は、国家ブロック間の対立などとはいかなる意味でも無関係である。そんなものはたかだか「観念の絶対性（という名の恣意性＝相対性）」内部の架空の対立軸でしかない。真に革命的な闘いは、私的なものを優先させつつある「大衆の政治的アパシーの力」、すなわち大衆のあるがままの自然過程からせり出してくる自己思想としての力に根ざす以外ありえないのである。「たしかなことはどんな「政治革命」からはじまった「革命」も、政治権力の住民大衆への移行をもっておわるということだけである。この課題は、世界の構造に関連しながら、住民大衆の自立的な力がどれだけせりあがってゆくかのバロメーターの象徴である」[17]。

ここで「自立的」という言葉が使われている。一九六〇年代の吉本の仕事を理解する上でこの「自立」という言葉はもっとも重要な概念のひとつとなる。ここでさらに「自立の思想的拠点」を見ていこう。

(7)『模写と鏡』一三〇頁
(8)同前
(9)同前　一三五頁
(10)同前　一三三頁
(11)同前
(12)同前　一三五頁
(13)神島二郎『近代日本の精神構造』岩波書店　一九六一年参照
(14)雑誌『思想』五六年一一月号掲載
(15)「国家総動員体制」型の民族＝国家ナショナリズムが丸山や大塚のような近代主義者をも呪縛していた点については、中野敏男『大塚久雄と丸山眞男――動員、主体、戦争責任』青土社　二〇〇一年を、また「国家総動員体制」型民族＝国家ナショナリズムと戦後社会との連続性については、山之内靖・成田龍一・ヴィクター・コシュマン『総力戦と現代化』柏書房　一九九五年を参照。
(16)「頽廃への誘い」『擬制の終焉』所収　六六頁
(17)『模写と鏡』一四四頁

(2)「自立の思想的拠点」

「自立の思想的拠点」は吉本の思想的軌跡のなかでモニュメンタルな意義を持つ文章である。この文章によって吉本は六〇年代以降の自らの思想的方向性をほぼ確定したのであり、この後そこで使われている「自立」という言葉が吉本の思想を一言で表わすキャッチフレーズとして受けとめられるようになっていく。

吉本はこの文章における議論を、「わたしたちはいま、たくさんの思想的死語にかこまれて生きている」[18]という認識から始める。ここで吉本のいう「思想的死語」とは、状況との生き生きとした関わりを失ってしまった言葉を意味する。自らがそのうちに存在する状況との相関を失って死語化した言葉はどうなるのか。吉本は次のようにいう。「言語思想は、積極的な主題の表現がしばしば現実における主題の喪失に対応したり、土俗的な言語が、しばしば支配への最短の反映路であったり、〈階級〉意識の強調が、じっさいは〈階級〉概念の紛失に該当していたりすることをおしえる。わたしの知っているかぎりでは、こうした問題にたいしてはっきりした手続きをもっている言語思想は存在しないのである。

思想的な死語が、なぜ死語でしかありえないかといえば、論理的にはこの手続きをもたず、言葉が言葉として先験的にそうかんがえられているからである。わたしが古典的党派性の揚棄というとき、それがプラグマティズムとプラグマ＝マルクス主義にたいする決定的な対立の形をとらざるをえないのは、わたしどもが言葉をあたかもそう欲したためにそう表現されたものとみる、これらのべったりした機能的な言語思想の渦中にあるからである」[19]。

　ここには主としてふたつの問題が織り込まれている。ひとつは、吉本が『言語にとって美とは何か』でつきあたった言語の表出水準という問題であり、もうひとつはそこにおいて同時に生じる言語の表出史としての歴史性の問題である。

　周知のように『言語にとって美とは何か』のなかで吉本は言語表現を、言語がある本質的な表現衝動によって現実を離脱して意識のうちにおける幻想の可能性へと向かう「自己表出」の側面と、自分の外部にある対象を指し示す「指示表出」の側面の織物とみなした。「表現された言葉は指示表出と自己表出の織物だ[20]」。また吉本は自己表出という側面を言語の表現上の「価値」、指示表出という側面を言語の伝達上の「意味」とも言っている。この視点に立って吉本は『言語にとって美とは何か』全篇の白眉というべき「表現転移論」を展開する（Ⅰの第Ⅳ章）。これはおそらく原理的な意味で「近代日本文学史」と呼びうるたったひとつの業績といってよい。その「表現転移論」の冒頭近くに次のような文章がある。「文学のような書き言葉は自己表出につかえるようにすすみ、話し言葉は指示表出につかえるようにすすむ。文学作品を表出の歴史としてあつかおうとするとつきあたる難しさは、作品が、ひとつには表出史の尖端の流れを無意識のうちにふんでいながら、同時に話体としても作品が成り立つために、また、話体の歴史として独特な流れをもつところからやってくる。（……）ある時代の文学作品は、表出史としてみようとするとき、いつも二重の構造をもっている。ひとつは**文学体**で、ひとつは**話体**だ。どちらか一方が潜在的であっても、ひとつの表出の体は、もうひとつの体を想定して成り立っている。ここでいう**文学体**というのは純文学で**話体**

というのは大衆文学という意味ではない。そう簡単に文学作品の具体的な様態にすすまないのである。かりに、**文学体と話体**といっても、ここでは自己表出としての言語という抽象されたところで表出を史的にあつかいうる中心を指している[21]」。

ある言語表現体はそのうちに自己表出と指示表出の複雑なからみあいを含んでいる。文学作品にそくしていえばそれは、「文学体」と「話体」のからみあいを意味する。したがってある表現が一見すると自己表出的に見える場合もそこに指示表出的な契機が絡み合っているし、その逆もありうる。だからこそ「積極的な主題の表現がしばしば現実における主題の喪失に対応したり、土俗的な言語が、しばしば支配への最短の反映路であったり、〈階級〉意識の強調が、じっさいは〈階級〉概念の紛失に該当していたりする」ことが起こりうるのだ。そこには単純な対応関係によっては捉えられない表出構造および水準の屈折や反転が含まれているのである。

「プラグマティズムとプラグマ＝マルクス主義」は、そうした言語表現内部の自己表出と指示表出の複雑なからみあいや屈曲を、指示表出の側面にすべて還元してしまう。したがって言葉が指示する「意味」だけが言語表現の中身だということになる。階級闘争を「意味」として描けば階級闘争を指示＝支持したことになり、反動家を「意味」として描けば反動家の立場を指示＝支持したことになるのはこのせいである。だがそれは「自己表出」の側から見られた表現の「価値」の水準とは何の関係もない。表現の「価値」の水準から見れば、「反動的」主題を扱った表現がもっとも「革命的」な表現となりうるからである。吉本の五〇年代後半のプロレタリア文学批判において批判の標的となったのは、そこに潜んでいる言語の機能主義的単純化に他ならなかった。そしてこのような言語を指示表出から機能主義的に見る立場が、プロレタリア文学の背後にある日本マルクス主義の党派性の根拠ともなっているのである。「古典的党派性の揚棄」という課題が、言語の機能主義的（＝指示表出＝「意味」中心主義的）見方への批判とならなければならない理由はここにある。

ところで以上のような問題は言語の「共時的」、「空間的」側面におけるものだった。しかし引用文中に「表出史の歴史」という言葉があるように、この問題は同時に「通時的」、「時間的」側面も持っている。そこでは自己表出としての「文学体」の側面がかぎりなく現在における尖端性へと接近し、指示表出としての「話体」がその底に沈んでいる過去としての土俗性へと接近していくことになる。一個の言語表現は「通時的」「時間的」な側面から見た場合、このような尖端性への志向と土俗性への志向が二重化された形で現われることになる。たとえば片方に村上春樹の言語表現があり、もう片方に池波正太郎の言語表現があり、その両方がひとつの時代状況のなかで同居しうるのはこのためである。あるいは小林秀雄というひとりの表現者のなかで、ボードレールやランボーというモダニズムの尖端への志向と、本居宣長という土俗性への帰着が同居しうる根拠もそこにある。このとき、尖端性にだけ着目する言語表現の捉え方も、土俗性に回帰するだけの言語表現の捉え方も、ともに言語表現の表出水準の総体的な捉え方としては不十分にならざるをえない。そして「思想的死語」とは、この両者のあいだを自己閉塞的に循環しながらいつしか自己準拠という形での固着に陥っていく言葉に他ならない。「名分を現実にかかわりなく固執すること（「プロレタリアート」や「階級」のような思想的死語に固執すること）と、移りやすい尖端的な言葉よりも連続的にしか移ってゆかない土俗の言葉に生命をもとめようとする態度とは、同じ安易な固定化を意味している。また、移りやすい尖端の言葉を、世界のすぐあとから追いもとめることはもっとも安易なモダニズムである。わたしたちは、すでにこれらすべてを等質な態度とみなしてきたのである」[22]。言語の自己表出性と指示表出性、意味性と価値性、尖端性と土俗性は共時的にも通時的にもそれぞれからみあいながら一個の表現の総合性と特定の表出水準を形づくっているのであり、その総合性と水準に対応しない限り言葉は「思想的死語」と化さざるをえない。

「言葉の質をきめる力は、本質的には言語経験がつみ重ねられてきた長い歴史と、現にその言葉が使われている社会の現情況である」[23]。

思想的死語、浮薄なモダニズム言語、土俗回帰的言語のすべてが、言語表現の総体的水準をすくいとろうとする言語のあり方として無効を宣告されるとすれば、そこではどのような言語のあり方が求められているのだろうか。吉本はいう。「わたしが課題にしたい思想的な言葉は、この各時代の尖端と土俗のあいだに張られる言語空間の構造を下降し、また上昇しうることにおかれている。わが国では大衆的な言葉に固執する思想は、かならず世捨て人の思想である。おなじように尖端的な言葉に固執する思想は、かならずモダニズムの思想にならざるをえないのである。わが国の古典マルクス主義の言語思想の歴史は、昭和初年以来、尖端的な言葉から大衆の言葉をとらえ、あるいは大衆の言葉が尖端の言葉をとらえることに、〈階級〉的な課題があるかのようにかんがえてきている。しかし、よく想定すればわかるように、この方法では現実がどこかで幻想に屈折し、体験がどこかで知解に屈折するために、総体的な課題に到達しえないのである。むしろ古典的な転向論のどれもが指摘したように、土俗から尖端へ、尖端から土俗への回帰しかおこらなかった。問題の発端は、現実がどこで幻想に折れ、どこで体験が知解にかわるか、その屈折点の構造をあきらかにすることにこそあった[24]」。

ここでいわれていることを少し具体的に考えてみると興味深い問題がいろいろ出てくる。たとえばここで「わが国では大衆的な言葉に固執する思想は、かならず世捨て人の思想である」といわれているのは、鴨長明以来の隠者文学の伝統がじつは近代日本の大衆文学の起源となっていることを示唆している。おそらくその背景にあるのは現実からの逃避とそこから生まれる一種の諦念である（「厭離穢土」や「出家遁世」）。そしてこの諦念は、それがもう一度現実の側へと投げ返されるとき、現実への抵抗や批判の要素をいっさい持たない庶民的倫理（人生訓）や処世の知恵、つまり縮こまった生活の範囲のなかだけで他人に迷惑をかけずに上手く生きていくための処方となる。この現実への諦念が人生の処方へと反転することに大衆文学の起源があったのである。それは「国民文学」と呼ばれた吉川英治や山岡壮八の作品世界を見ればよく分かるだろう。無軌道な若者だった新免村の武蔵《たけぞう》が、沢庵禅師らの教えを受けて剣聖宮本武蔵へと成長し肥後細川藩の指南役にまで「出世」する過程、さらに最後には自らの生き方を人生訓に昇華した『五輪の書』を書き上げるという過程を描いた吉川英治の『宮本武蔵』にしても、三河の小大名の子として生まれ幾多の艱難に耐えながらついに日本全国の統治者となり、「人の一生は、重き荷を負うて遠き路を行くが如し。急ぐべからず。不自由を常と思えば不足なし」という処世訓を残した徳川家康の一生を描いた山岡壮八の『徳川家康』にしても、そこに表現されているのは、大衆に対して現実に能動的に立ち向かうのではなく、処世の知恵を通して現実にうまく適応し立身と安寧を図るよう諭す隷属の論理に他ならない。また「尖端的な言葉に固執する思想は、かならずモダニズムの思想にならざるをえない」のは、西欧の輸入思想や文学に浮き身をやつしてきた知識人たちを見ればこれまたすぐ分かる。それが「論理自体のオートマチスムス」にしか行き着かないのはいうまでもない。「尖端的な言葉から大衆の言葉をとらえ、あるいは大衆の言葉が尖端の言葉をとらえることに、〈階級〉的な課題があるかのようにかんがえてきている」古典マルクス主義者は、吉本がつとに批判してきたプロレタリア文学者たちを想いうかべればよいだろう。そこにこそ思想的死語の源泉がある。こうした言葉は総体として、「土俗から尖端へ、尖端から土俗への回帰」という「循環」と「転向」の過程を歩む他はなかった。大衆文学（吉川英治）がアジア・太平洋戦争における国民の戦意昂揚の手段となり、モダニストたちが天皇礼賛を叫び（高村光太郎、三好達治）、「転向」プロレタリア文学者たち（壺井繁治、岡本潤）が皇軍の勝利を祝福したのはその証明に他ならなかった。そのことを指摘する「古典的転向論」が、じつは吉本自身の「転向論」を指していることはやや苦笑を誘うのだが。いずれにせよここに日本的な思想のあり方すべてに内在する根本的負性が凝集している。

ここで思いきって全「関係の絶対性」の振幅を、この「先端的な言葉」と「大衆的な言葉（＝土俗的な言葉）」の振幅として捉えてみたらどうだろうか。すると「関係の絶対性」は、たんに滑らかに連続する現実性そのものではなく、そのうちにさまざまな自己表出性と指示表出性のからみあいや、歴史的な時間性のなかにおける現在と過去との交錯を含んだ複雑な錯綜体として捉えられることになるだろう。それは別な言い方をすれば、「関係の絶対性」のなかに客観的現実性と幻想性の屈折した関係が空間的、時間的な振幅を含んで幾重にも折りたたまれているということを意味する。

したがって「各時代の尖端と土俗のあいだに張られる言語空間の構造を下降し、また上昇しうること」とは、まさに「関係の絶対性」の内部に分け入り、その連続的に見える表層の下で非連続や逸脱をもたらす屈折点を構造的に探り当てていくことに他ならない。それは具体的にいえば、現実に向かってある幻想性の水準が介入してくるポイントを探りあてることであり、すでに成立している幻想性の水準から新たな幻想性の水準が生成し離脱していく境界線を探り当てることであり、さらには全幻想性の領域のなかからふたたび現実への還帰が生じる場所を探り当てることでもある。そして今述べた最後のケースが「還相」の過程、すなわち「自立」の過程を意味している。それは、「関係の絶対性」と「観念の絶対性」の「逆立」の関係に最終的な思想的回答を与えることでもある。そのためには「関係の絶対性」の内部における幻想性と非幻想性（現実性）の「逆立」点、言い換えれば「屈折点」を明らかにすることが求められる。「問題の発端は、現実がどこで幻想に折れ、どこで体験が知解にかわるか、その屈折点の構造をあきらかにすることにこそあった」という言葉はまさにそうした意味で理解されなければならない。*

吉本隆明はここにおいて安保闘争敗北後の課題である幻想論のもっとも原理的な視点を確立した。ここから幻想論の具体的展開への道が始まる。それは、『共同幻想論』への道である。

(18)『自立の思想的拠点』一三三頁
(19)同前　一八頁
(20)『言語にとって美とはなにか』Ⅰ「文庫版まえがき」七頁　ここでは角川ソフィア文庫版　二〇〇九年から引用する。

(21) 同前　一九五頁
(22) 『自立の思想的拠点』二二五頁〔　〕内筆者
(23) 同前　二二四頁
(24) 同前　二二六頁

＊ここで何が「関係の絶対性」のつくり替えを可能にするのかという問題について少し補足しておきたい。「関係の絶対性」は一個の形式である。その中身は絶えず変化していく。問題は「関係の絶対性」の中身が変化するきっかけとなる関係の内部の非連続的な継ぎ目である。それはどのように生じるのか。とりあえず前提としていえることは、「観念の絶対性」に属する契機によってではないということである。では「関係の絶対性」の中身の変化は何によって生じるのか。これもとりあえずは、そこに帰属している人間自身に名づけることが出来ないある「力」によってであるとしかいうことは出来ない。その力は、現象的には革命として現れるかもしれないしクーデタとして現れるかもしれない。あるいは戦争という場合もあるかもしれない。もっとマイナーな局面でいえば、今まで知らなかった男女同士が突然恋愛関係を形成するという場合もあるだろう。いずれの場合も、当事者の意志や思い込み、すなわち「観念の恣意性」として現れる「観念の絶対性」がそれをもたらすわけではない。ある得体の知れない力がそれをもたらすのだ。

かつてヘーゲルはそれを「理性の狡知 List der Vernunft」と呼んだ。ヘーゲルの「理性の狡知」は直接にはカント批判に由来する。柄谷行人にならっていえばこの批判はカントの誤解に根ざしているということになるだろうが、ヘーゲルは、カントの主観性の自律（「わたしは出来る Ich kann」という意識）が歴史という舞台の上で踊らされる操り人形の仮象に過ぎないといっている。主観はそれを超える何ものか（ヘーゲルのいう「歴史の理性」）によって操られているということである。ただカントはじつはそれを知っていたからこそアンチノミーの問題を提起したのだと思う。アンチノミーは明らかに事象内部の非連続的な継ぎ目を問おうとする概念だからである。その意味でアンチノミーはパララックスである。「関係の絶対性」の内部にある非連続性の継ぎ目を探り当てるためにはアンチノミー＝パララックスがどうしても必要なのだ。とはいえもう一方からいえば、カントはそれを主観性の形式に再回収して強引に主観性の自律の問題に封じ込めたともいえるだろう。そこをヘーゲルの「理性の狡知」はついたのだと思う。ジジェクが著書『パララックス・ヴュー』のなかで、柄谷の『トランスクリティーク』に共感しながらもヘーゲルの扱いについて異議を申し立てている理由はそこにある。ジジェクはカントのアンチノミー＝パララックスがむしろヘーゲルにおいて本質的には成就されると考えるのだ。

ただそのヘーゲルも最終的には絶対精神という最終解決手段を持ち込んで主観性の自律と歴史の大いなる力のあいだの矛盾・裂け目を解消してしまった。でもほんとうにヘーゲルのようなやり方で問題は解決するのだろうか。ヘーゲルを継いだマルクスが資本主義批判を深化させてゆくなかで、意志、すなわち「観念の恣意性」に基づく革命論を放棄していったことはその意味で示唆的である。問題はあくまで「関係の絶対性」の内部に生じる微細な差異（非連続的な継ぎ目）を明るみに出すこと、そしてそこに働く目に見えない力を凝視し続けることだからである。マルクスが見ようとしたのは資本制のなかで働く「関係の絶対性」の形式である価値形態の問題、より端的にいえば商品と貨幣の交換の不可逆性の問題だった。ここでいう商品はモノとしての商品だけを意味しているわけではない。むしろ重要なのは商品化された労働、労働力商品である。労働力商品と貨幣の不可逆的な交換のうちに全資本制の最深の秘密が隠されているというのがマルクスの認識だったと考えてよい。ここから剰余価値が生まれ資本が形成されるからである。

資本はいったん成立するとヘーゲルの絶対精神と同じ形式を取るようになる。だから資本という形式の下で貨幣は自己増殖という姿を取るのである。あたかもヘーゲルの絶対精神の自己運動の下で歴史が窮極目標に向かって自己増殖的に進化の合目的的過程をたどるようにである。だがマルクスはそれを物神性として、顛倒・倒錯として捉えた。その過程を自己増殖過程として形式化して捉えた瞬間、「関係の絶対性」としての価値形態の認識は消え、「あらゆるものにはあらかじめ価値が内在しており、現実の価値（価格）はその価値の開花だ」とする「観念の恣意性」の表現としての労働価値説が前面に出てくる。形式的にはたしかにそれで説明はついてしまうのだが、そのとき労働力商品と貨幣の交換の不可逆性（非連続的な継ぎ目）は消えてしまう。主体があらかじめ存在し、その主体の意志が世界（関係）を変えるのだという意志革命論もここから出てくるのはいうまでもない。マルクスが厳しく斥けたのはこうした意志革命論、すなわち「観念の絶対性」を安易に「関係の絶対性」へと介入させることだった。つまり労働力の価値としての主体が、「関係の絶対性」のなかに微細な差異として存在する非連続的な裂け目に、より正確にいえばその裂け目からのみ見通すことのできる得体の知れない力にその生成を負っていること、より端的にいえば主体とはこうした力の仮象的な効果に他ならないことをマルクスは洞察しようとしたということである。このためには、柄谷が指摘しているように、資本制のプロセスを「宗教」の、言い換えれば物神性の現われとして見る視点が必要である。吉本がマルクスの思想的核心を幻想論に見、さらに「関係の絶対性」を個人（自己）幻想・対幻想・共同幻想相互の非連続的な関係構造として捉えようとしたことも同じ問題意識に由来する。

さてあらためて、では関係の絶対性を変えるものとはなにか。それはポジティヴな形でこれだと名指すことは出来ないもの、一種の力である。それは、どこまでいっても得体の知れないこの力は名前を持たない、目に見えない力である。ただあえていえば非連続的な継ぎ目に目をこらすことで成立する思考、認識のあり方、つまり主体であることを、そうした裂け目からかろうじて覗ける得体の知れない力の側から捉え返すことによってはじめて、いかなる意志物神にも、自律物神にも陥ることのないような主体ならざる主体、言い換えれば自己の内部の「観念の恣意性」を徹底的に相対化しうる主体の思考、認識は可能となるのである。そしてそのような捉え方だけが「関係の絶対性」へのアプローチを可能にするのではないかと思う。目下のところそうした思考、認識のあり方をともかくも形にして見せたのはアドルノの「否定弁証法」（テオドーア・W・アドルノ『否定弁証法』木田元他訳 作品社）だけだといってよい。ヘーゲルのなかで胚胎し、マルクスに受け継がれた「関係の絶対性」を捉える視点、それはとりもなおさず「弁証法」の問題にもなるが、それが現代においては、アドルノの「否定弁証法」において再興されたといってよいだろう。ただしアドルノの仕事は未完に終わっている。彼は方法だけ示したが、「関係の絶対性」そのものへの具体的なアプローチ、つまりマルクスが『資本論』でやったことは成し遂げられないまま終わった。アドルノの「否定弁証法」が空隙のまま残した領域を今引き受けようとしているのが柄谷行人でありジジェクなのだと私は考える。そしてそこには、吉本隆明の「マチウ書試論」から『共同幻想論』への歩みのなかで、さらには思想家吉本の真の意味での主著『最後の親鸞』のなかで展開されている思考、認識が非常に深いレヴェルで結びついていく。

Ⅳ 『共同幻想論』の世界

「関係の絶対性」の内部における幻想性と非幻想性の「逆立」の問題がもっとも集中的に現れるのが、国家の幻想性と市民社会の非幻想性の関係である。吉本の幻想論体系においてこの問題に迫ろうとしたのが『共同幻想論』であった。したがって『共同幻想論』が、吉本の幻想論体系の中でもっとも重要な意味を持つ著作であることは明らかである。この著作は、疑いもなく六〇年代以降の吉本の思想的軌跡にとって核心的な意味を持っている。にもかかわらずこの『共同幻想論』くらい吉本に傾倒する立場からも、反発・批判する立場からも誤って読まれてきた著作も珍しいと思われる。そこには二つの相互に関連しあった問題が存在する。

(1) 『共同幻想論』をめぐるふたつの誤解

一つは、この著作が扱っている素材ゆえに生じた誤読の問題である。すなわち、本書の議論の素材として柳田國男やフレーザー、レヴィ＝ブリュール、マリノウスキーなどの民俗学や人類学のテクストが使われているために、本書を民俗学的・人類学的著作と受けとめた上で、その枠組みの中で本書の内容についてあれこれあげつらうという態度から生じた誤読の問題である。その代表的な例が山口昌男の『共同幻想論』書評であった[1]。だが本書はいかなる意味でも民俗学的・人類学的な著作ではないし、そうした枠組みのなかで読まれるべきものでもない。本書の本質的テーマは国家の幻想性の起源を解明すること、より精確に言えばそうした起源を明らかにすることによって国家の幻想的な共同性を根源的次元から解体する国家の革命のための論理の模索であり、そのように読まれるべき著作なのだ。あらかじめ言っておけば、そこで最大の課題となるのは、連続的に見える幻想性の構造のうちに、非連続的飛躍やそれに伴なう異質な要素および水準どうしの断絶、接合、転回が起こる地点を探りあてることとなる。全自然過程と全人間存在の「逆立」、そして「関係の絶対性」の内部における幻想性と非幻想性の「逆立」と進んできた吉本の探究は、今や幻想的な共同性の自明化を根本から覆そうとする幻想性の解体への思想的歩みのなかで、幻想性自身の内部構造における幻想性の起源と国家としての幻想性の形成のあいだの非連続的な継ぎ目、つまり国家の幻想的な共同性の水準へと登りつめ自明化された上で「関係の絶対性」としての自然過程へと組み入れられていった幻想性内部の非連続的な継ぎ目を明らかにするという課題にまで到達したのだった。だがこうした本書の根本的モティーフに対する無理解は今述べたような誤読のケースにとどまらない。本書に関しては、第二の、より本質的な意味での誤読の問題が存在するからである。

　本書が出版された一九六八年当時、おりからの七〇年安保再改定をめぐる街頭政治闘争および学園闘争が空前の盛り上がりを見せていたこともあって、『共同幻想論』というタイトルから、本書をろくに読みもせず、「国家は幻想にすぎない」という形で国家の共同性をラディカルに無化してみせた革命的な本であると、極めて単純な形で理解しようとした左翼の人間たちがいっぱいいた。

彼らは、「関係の絶対性」を構成している幻想的な共同性の構造を丹念にたどりながら、そこに非連続的な継ぎ目を見出してゆくという骨の折れる本書の議論のプロセスをすっとばして、いきなり国家を無化するための理論として本書を受けとめてしまったのである。そこに時代の雰囲気が投影されていたことは間違いない。だが本書における幻想という言葉は、虚偽・架空という意味での「イルージョン Illusion」と解されてはならないのだ。吉本のいう幻想過程は、「全自然と全人間の逆立」を通して私たち人間の現実的かつ物質的な生存過程のなかに生じる「原生的疎外（異和）」によって形成された一個の逸脱、余剰（過剰）の領域に根ざしている。[2] 幻想過程は、私たち人間が心や感情、意識、さらにはそれに基づく自己了解や世界了解の構造を自身の存在の内部において必然的に生み出してしまうという事実に根源的には根ざしているのである。つまり幻想性は人間存在の物質性や客観性には最終的に還元することの出来ない領域として存在するのだ。この逸脱・過剰領域は、人間の存在感覚に根ざした全心的世界の根源であり、同時に固有な領域として自立的に存在している。したがって幻想性は客観的現実と拮抗するか、場合によってはそれ以上に強固な現実として人間の心的世界に対して現われうるのである。そしてこの領域においてはじめて心的な次元における自己と他者の出会いが、さらにはその出会いを起点とする自他相互関係の形成が可能となる。つまりは幻想的な共同性の形成が可能となるのである。社会的な共同性の根底にはこうした幻想的な共同性が必ず横たわっている。

多くの国家論、とくにレーニンの『国家と革命』[3] 以来正統派マルクス主義の国家論においては、国家という存在が強制的な権力を伴なった支配機構として個々の人間に対して君臨しうる根拠を、国家が物質的な制度性や暴力性を持った「支配・暴力装置」という性格を有することに求めるのが通例であった。さらに遡れば、一七世紀にホッブズが『リヴァイアサン』[4]によって、国家への主権の譲渡を承認する人民と国家のあいだの契約に基づいた国家モデルを提起して以来、国家は暴力の占有をその正統性の土台としつつ構成員である国民の安寧と生存を保障する物質的な制度、機構とみなされてきた。ここに近代的国家観の基礎が存在することはいうまでもない。だが国家の本質がほんとうにそこに限局されてしまってよいのだろうか。国家が物質的な支配・暴力装置であるというとき、私たちはあらためて国家を自明化された運用法規の次元で捉えてしまうことになるのではないだろうか。

たとえば近代国家は支配・暴力装置、あるいは国民の安全保障や再分配のための機構と平行して、「ネーション」を生み出した。ベネディクト・アンダーソンが「ネーション」を「想像された共同体（imagined community）」と呼んでいるように[5]、「ネーション」は幻想性の水準における共同体＝共同性であり、近代国家もまたその存立のためにはこうした幻想的な共同性を不可欠な要素として必要としているのだ[6]。というのも、国家が個々人に対して威力・権威として君臨しうるためには、国家が個々人の心的な過程を国家に向けさせ同化させるための、言い換えれば個々人の心的な過程における内的な自己了解の次元に、国家という共同性の次元が相互媒介的に重ね合わされ、国家の共同性が個々人の内発的かつ自発的な了解と服従の構造へと溶かし込まれてゆくための媒体が不可欠だからである。その媒体こそが幻想的な共同性であり、だからこそ国家の本質には幻想的な共同性が不可欠であるといわねばならないのである。

だとすれば、「国家は幻想にすぎない」ではなく、「国家は幻想であるからこそその支配は強固であり、その力をあなどってはならない」というべきなのだ。そして国家の本質を明らかにするためには、国家が幻想的な共同性として現出するそのメカニズムを徹底的に解明しなければならないのである。吉本が『共同幻想論』のなかで論じようとしているのはこのメカニズムの起源と過程に他ならない。そしてそうした国家の本質としての幻想性を解明するにあたって吉本が着目するのは、幻想性の構造とその展開の過程のうちに、微細ではあるが本質的な意味を持つ非連続的な継ぎ目・転回点が組み込まれているという事実である。吉本は、その継ぎ目・転回点をひとつひとつ丹念にたどることを通して、一見するとなめらかに連続しているかのように見える幻想的な共同性の構造に潜在する非連続性の契機、つまり幻想的な共同性が原理的にはそこから解けバラバラに分解していくはずのポイントを明らかにしようとする。吉本の国家への切り込みの鍵となっているのはこのポイントの見出しである。国家の本質である、最高の段階に達した幻想的な共同性の構造のうちにもし非連続的な継ぎ目・転回点を見出すことができるならば、国家の解体と無化が原理的な意味で可能となるはずだからである。むしろそこにしか国家の解体と無化の可能性はありえないと考えるべきなのである。『共同幻想論』はそのような課題意識のもとに読まれるべき著作といってよい。国家の幻想的な共同性の諸相が人類学や民俗学の資料・理論を用いて記述されているとか、国家を先験的に共同幻想《イルージョン》として解体・無化しているなどという本書の読み方は途方もない誤読以外のなにものでもない。

（1） 山口昌男「幻想・構造・始原——吉本隆明『共同幻想論』をめぐって——」『人類学的思考』所収　筑摩叢

書　一九九〇年

（2）『心的現象論序説』Ⅰ『心的世界の叙述』参照

（3）原著　一九一七年　岩波文庫（宇高基輔訳）一九五七年

（4）原著　一六五一年　岩波文庫（水田洋訳　改訂版）一九九二年

（5）『想像の共同体』（白石さや・隆志訳）NTT出版　一九九七年

（6）これは、ヘーゲルにおいて典型的に現われる「国家意志説」の問題になる。吉本は後に行われた講演のなかで次のように言っている。「たとえばヘーゲルの個人から全体にわたるすべてのことについて展開していった「意志論」の全体系にたいして、マルクスはたいへんな敬意を表わしました。全部、考察の対象としてのこしたわけです。ただ、自己意識の発現したものがこの〈世界〉で、その〈世界〉が究極にいたる絶対的具現にむかう過程が、人間の歴史のすべてでなんだというヘーゲルの基本的な観点は、マルクスにいわせれば逆立ちしたものでした。つまり人間の歴史にとって基本的なのは〈世界〉の精神的な実現過程などではなくて、物と物あるいは自然と人間との関わりあいの発展、そこから人間だけがつくっていった社会というものの展開過程であって、観念の過程はそれにたいして第二次的なものなんだとかんがえました。そこにマルクスが歴史の展開にたいして抱いた原則があったわけです。

けれどもわたしの考えでは、〈世界〉の展開を自己意識の普遍性である理念が具現される過程だとみたヘーゲルは、古代思想における〈世界〉の概念を、もっとも根柢的に近代化しようと試みたのです。そして若い時代にギリシア古典思想の専門家であったマルクスは、ヘーゲルの困難な達成の意味をよく理解したでしょう。そしてある意味ではそれを古典主義的に修復しようとしました。

しかし、マルクスはヘーゲルの「意志論」の体系を全部始末していません。これを始末したとかんがえたらまちがうとおもいます。ただ基本的観点をひっくり返して、そのうえでヘーゲルは活かせるんだ、それが同時代人としてのマルクスがかんがえていたことだとおもいます」（「幻想論の根柢」『言語という思想』所収　弓立社　一九八一年　二四～五頁）。この記述から吉本の幻想論の理論的基底が浮かび上がってくる。そこにはヘーゲルの意志論が大きな影を落としているのであり、それが、「自然哲学」から幻想的な共同性の解明へと向かう思想的道筋をマルクス思想の根幹と見ようとする吉本の視点の基礎になるとともに、まさしく「幻想論の根柢」ともなっているのである。なお吉本の影響下において、こうした「意志論」(国家意志説)の問題を踏まえながら国家論を展開しようとしているのが滝村隆一である。『マルクス主義国家論』(三一書房 一九七一年 増補版 一九七四年)、『国家論大綱第一部(権力と国家の基礎理論)』(勁草書房 二〇〇三年)参照。さらに柄谷行人の『トランスクリティーク』および『世界史の構造』で展開されている「資本=ネーション=ステート」をめぐる議論においても、「ネーション」の持つ「宗教性」についての本質的な洞察が示されている。「ネーション」が共同体の代補であると考えるならば、宗教的ナショナリズムとみえるものも、衰退した共同体の想像的回復だということが明らかになる。この場合の宗教は普遍宗教ではなく共同体の宗教である。ゆえに、共同体の衰退の中で想像的に回復されるネーションが宗教的形態をとっても別に不思議ではない」(『世界史の構造』三三一〜二頁)。また同書における「国家の美学化」の問題もこのことと深く関連する。

⑵ 『共同幻想論』の三部構成

まず『共同幻想論』がどのように読まれるべきかという問題の前提として、この著作の構成についての自分なりの概括的な見方を示しておきたいと思う。このとき前提となるのは、吉本の幻想論の基礎となっている「個体(自己)幻想」「対幻想」「共同幻想」の三領域の区分である。「個体幻想」は、個人の水準において存在する幻想性の水準を意味する。個人の心的世界、そしてそこから派生する自己意識、言語表現意識などがそこには帰属している。「対幻想」はペアの幻想、すなわち男女間の性的関係を原型とする幻想性である。注意しなければならないのはここでいう「性的」という言葉が必ずしも実際の性行為だけを意味しているわけではないことである。「性的」であるということは、フロイトのリビドーの意味での性的な欲望を根底に潜在させつつも、実際の性行為には至らない、相手との親密な接触や相互の感情・情感を目ざすような二人称的関係のあり方総体を意味しているといえる。したがってもっとも広く取れば「対幻想」には、三人称関係を基礎とする公的な社会関係の手前・此岸にある非公式な二人称的関係のすべてが含まれると考えることもできる。すなわち恋人どうし、夫婦、親子、兄弟姉妹、それらの外延をなす家族、同性・異性を問わない友人関係、盟約者集団（Bund）、社団（Korporation）などである。「個体幻想」と「共同幻想」の中間に位置する「対幻想」の問題は、幻想的な共同性の構造における非連続的継ぎ目・転回点をさぐりあてる上での決定的なポイントとなる。「共同幻想」には、すでに触れたように共同化された幻想性の水準を示す宗教、法、国家が帰属する。そして重要なのは、これら三つの幻想性の領域が原理的には「個体幻想と対幻想および共同幻想は逆立する」という形で関係づけられていることである。

『共同幻想論』は、「序」の部分から始まって、「禁制論」、「憑人論」、「巫覡論」、「巫女論」、「他界論」、「祭儀論」、「母制論」、「対幻想論」、「罪責論」、「規範論」、「起源論」の十一章からなっている。私はこのうち「禁制論」から「他界論」までの五章を『共同幻想論』第一部と考えたいと思う。そこでは個体幻想および対幻想と共同幻想が基本的には同調している段階が対象として扱われている。そして「祭儀論」から「対幻想論」までの三章が第二部となる。そこでは、今のべた三つの幻想領域の同調構造から対幻想の分離が始まる段階が問題となる。そしてそれは三者の同調構造の範囲にとどまっていた共同幻想のあり方に拡大と変化をもたらすことになる。それはごく狭い親密圏に限定されていた共同体が国家という名の共同体へと上昇していく出発点となる。それに続く「罪責論」から終章「起源論」までの三章を第三部と考えてよいだろう。ここでついに共同幻想が個体幻想および対幻想から完全に分離されて自立化し、国家という幻想的な共同性の最高水準へと到達していくのである。

＊第一部

まず第一部から見てゆこう。第一部は、共同幻想が個体幻想および対幻想と基本的に同調している段階、別な言い方をすれば共同幻想によって個体幻想と対幻想の領域が完全に覆われ浸蝕されている段階を扱っている。それは同時に人類史のもっともプリミティヴな起源の段階を意味する。具体的にいえば家族共同体から氏族社会の前段階までを含むといってよいだろう。そこでは、個々人の生（個体幻想）と性（対幻想）の領域は、あらかじめ個々人に先立って存在するとみなされる共同幻想によって覆いつくされ浸蝕されると考えられている。より端的にいうならば、個々人の生および性は、それに先立って存在する共同幻想の側から産み出されるものとして了解されるのである。「すぐわかるように、個体の自己幻想に社会の共同幻想が〈同調〉として感ぜられるためには、共同幻想が自己幻想に先立った先験性だということが、自己幻想のなかで信じられていなければならない(7)」。

とはいえこの段階においてもすでに、共同幻想は個体幻想および対幻想に対して構造的には別な次元・領域として確立されている。それは人間の生と性が動物学や生理学の次元からこの段階ですでに逸脱しているからである。いうまでもないことだが、幻想領域内部の三つの次元・領域の関係のあり方として同調・浸蝕という性格が現れてくるということは、あくまで「原生的疎外（異和）」による幻想領域の生成が前提となった上でのことであり、決して動物学的・生理学的次元での問題ではない。とするならばこの幻想領域の三つの次元のあいだの同調・浸蝕を、異なる幻想領域間の関係のあり方としてどう説明するのかという課題が浮上してくる。それがとくに典型的な形で現れるのが、「怖れ」であると同時に「願望」の対象でもあるという「両価性」を含んだ「禁制」の問題である。

さしあたりこの問題に対する回答としてすぐに思い浮かぶのが『トーテムとタブー』におけるフロイトの議論である。実際吉本も「禁制論」をフロイトの『トーテムとタブー』への言及から始めている。「禁制（Taboo）のようにもともと未開の心性に起源をもった概念に、まともな解析をくわえた最初のひとはフロイトであった」(8)。そしてさらに次のようにいう。「フロイトのタブー論のうち、わたしの関心をひくのは近親相姦にたいする〈性的〉な禁制と、王や族長にたいする〈制度〉的な禁制とである。なぜならばこのふたつは前者が〈対なる幻想〉に関しており、後者が〈共同なる幻想〉に関しているからである」(9)。

この後吉本は『トーテムとタブー』のかなり長い一節を引用する。そこでフロイトは、一族の女たち（近親）を性的に独占している父親に不満を抱く男たち（父親の息子である兄弟）がおたがいに協力して父親を殺害するが、すぐに兄弟どうしの女たちをめぐる争いが生じたため、あらためて一族の女と性的な関係をもつことを禁ずる近親相姦の禁止という掟（タブー）を設定した、という議論を展開している。いわゆる「原―父殺し」と近親相姦のタブーの発生の関連の問題である。このフロイトの議論で気になるのは次のような一節である。「こうして彼ら〔父殺しを実行した息子たち〕は、自分たちを強力にしてくれたこの組織〔父殺しによってつくり出された近親相姦の禁止という掟を含む社会〕こそは、彼らが父に追放されていたさいに、生じたらしい同性愛的感情と行為にもとづきうるものであった[10]」。

ここで吉本の用語をフロイトに当てはめながら考えてみたい。フロイトは、近親相姦の禁止という掟及びそれを含む社会、言い換えれば父の絶対的な支配によって成立していた共同幻想に代わって成立する父殺しを行った息子たちの支配する新たな共同幻想のあり方を、息子たちの「同性愛的感情と行為」に基づいて捉えようとしている。これは何を意味するのだろうか。

ここでいう「同性愛的な感情と行為」はそれ自体としては広義の意味での「対幻想」に属している。ただしそれはたいへん不安定な脆いものでしかない。なぜならそれは、父によって独占されていた女たちを奪い取るという目的、言い換えれば個々の息子たちが父の占有する女たちとの性的関係（対幻想）を結ぶという欲望のために形成されたものでしかないからである。前者の対幻想は後者の対幻想に比べれば偶発的で従属的なものにすぎない。事実父殺しが実行され女たちとの性的関係が可能になると前者の対幻想はたちまち崩壊し抗争が始まるのである。そしてこの抗争は、女たちとの性的関係としての対幻想を禁止することによって「同性愛的感情と行為」を新たな共同幻想へと、つまりそこに潜在する対幻想を共同幻想（掟）へと転化させたときようやく終止符を打つことになる―フロイトはここで同時に、兄弟たちが父殺しによって負わされた罪の意識とそれへの贖罪の願望を「死への欲動」として捉え、その反復過程を父殺しとその後の近親相姦の禁止というタブーの発生の裏面に置くが（女たちとの性的快楽を享受しえた唯一の主体である父を殺した自分たちへの自己処罰欲望が結果的に快楽の禁止を支えるというメカニズム）、吉本自身がこの問題には触れていないのでここでは言及しないことにする―。それを可能にしたのはおそらく「同性愛的感情と行為」が父の存在を中核とする共同幻想との対角関係の上に成り立っていたからである。一見するとそれは父の共同幻想と息子たちの共同幻想の角逐とそこから生じた逆立関係のように見える。だが息子たちの共同幻想の基底に対幻想が存在し、さらにはそもそも父を中核とする共同幻想自体が女たちの占有という形で対幻想に根ざしていたことを考え併せれば、フロイトの議論は一貫して共同幻想の成立の基底を、フロイトのいう意味での「性」としての対幻想に置いていることが明らかになる。もう少し精確にいえば、父による女たちの占有（父の対幻想）→父殺し（息子たちの「同性愛的感情と行為」という対幻想）→息子たちによる女たちの奪い合い（息子たちの個別的な対幻想）→抗争（対幻想の崩壊の危機）→近親相姦の禁止という掟の成立（息子たちの個別的な対幻想の禁止）という、父と息子、息子たち相互の対幻想への欲望の角逐と逆立の過程に、それを抑圧し掟＝社会の形成を促す共同幻想成立の過程を重ね合わせるという議論の構造になっているということである。対幻想相互間の角逐と逆立が、対幻想への欲望とその禁止としての共同幻想との逆立関係によって解消されると言い換えてもよい。しかもここでは明言されていないが、フロイトの「性」（対幻想）は基本的にはいつでも個体幻想（個人の心的世界）に還元されうるものとして捉えられている。それは、ある意味で

「個体発生は系統発生を反復する」というテーゼの裏返しということになるかもしれない。すなわち「系統発生（対幻想に根ざす共同幻想）」が反復されるのはつねに「個体発生」（個体幻想）という場においてであるというように、である。フロイトの「タブー」の背後に透けて見えるのは、たえず個体幻想に還元可能な対幻想（性的欲望）に対する「禁止」（逆立）から共同幻想（掟を持つ社会）が生まれるという認識である。この認識は逆向きの形でエディプス・コンプレクスと自我形成の図式にも当てはまりそうな気がする。母との近親相姦の禁止が父に象徴される共同幻想の世界への覚醒と同調を促し、それが逆説的に個体幻想の極限に位置する自我をも生み出す、というようにである。その意味でフロイトの理論は原理的には個体還元的といえるはずである。つまり個体の内部にある心的世界の基底としての「リビドー」に共同幻想の成立過程も還元されうるということである。

このようなフロイトの考え方に対して吉本は次のようにいっている。「フロイトは人間の〈性〉的な劇をまったくの個人の心的なあるいは生理的な世界のものとみなした。このかんがえには疑問がある。ごくひかえめに見積もっても、この〈性〉的な劇を〈制度〉のような共同世界にまでむすびつけようとするときには疑問がある。そこで人間の〈性〉的な劇の世界は、個人と個人とが出遭う世界に属するもので、たんに個体に固有な世界ではないとかんがえるべきである。そしてこのフロイトの指している心の世界は〈対なる幻想〉の世界とよぶことができる」[11]。吉本は明らかにフロイトの個体還元的な理論的性格に対して批判的立場をとる。個体幻想・対幻想・共同幻想はそれぞれ異なった幻想領域であり原理的には混同されてはならないものなのだ。とするならば吉本にとってフロイトの理論はそうした混同を無造作に犯してしまっていることになる。「フロイトは神経症患者の心の世界〔個体幻想としての世界〕を無造作にひろげすぎた」[12]。ここではじめの問題に戻る。だとするならば、あらかじめ個体幻想・対幻想・共同幻想のそれぞれの領域と位相が区分されることの上にたって、三者の同調・浸蝕関係はどのように説明されうるのか。ここに吉本の「禁制」に関する認識のポイントが存在する。

まず共同幻想が「禁制」において具体的にどのような形で現れるのかを見ておく必要がある。吉本は、共同幻想が「禁制」という形をとって個体幻想および対幻想（性）に対して逆立しつつ構成される、いわば共同幻想の「起源の場」というべき場面を次のように描いている。

「じぶんにとってじぶんが禁制の対象である状態は、強迫神経症とよばれるもののなかにもっとも鮮やかにあらわれている。そしてこの状態はあらゆる心的な現象と同じように、例外なく共同の禁制にたいして合意させられている。そしてこの合意は黙契とよばれるものである。黙契においても対象となるものはかならずある。そしてこの対象はある共同性の内部にある。〈かれ〉の意識においても対象が怖れであっても崇拝であってもいいことは、禁制のばあいとおなじだが、ただ〈かれ〉の意識は共同性によって、いわば赦されて狎れあっているという意識をふくんでいる。禁制ではかれの意識はどのように共同性の内部にあるようにみえても、じつは共同性からまったく赦されていない。いわば神聖さを強制されながらなお対象をしりぞけないでいる状態だといえる。禁制の対象が〈共同性〉であったばあいの個体にとっても事情はおなじである。ある幻想の共同性が、ある対象を、それが思想であっても、事物であっても、人格であっても共同に禁制とかんがえているとき、じつはそのなかの個人はその禁制の神聖さを強制されながらその内部にとどまっていることを物語っている」[13]。

最初に出てくる「強迫神経症」に陥って自分が自分に対して禁制の対象となっている状態とは、個体幻想が無条件な形で自己同一的に、言い換えれば共同幻想との関わりなしに設定されている状態を意味しているといってよい。だが吉本はそのすぐ後で、そうした無前提に成立しているはずの個体幻想の存立状態がじつは「共同幻想と逆立してあらわれるはずである」と言っている。これはどういうことだろうか。

個体幻想が共同幻想に対して逆立して現れるということは二つの意味を持つ。一つは本来の、個体幻想と共同幻想のあいだの離反関係を示すものとしての逆立である。だがここではもうひとつの、より重要な意味を持つ逆立の問題が示唆されている。それは、純粋な個体幻想（自分が自分に対して禁制である状態）が、構造的には、その個体内部での心的な自己了解のあり方として、必ず自己が何らかの形で自己の彼岸にある共同的なものから「来訪する」「贈り与えられる」「産み出される」などの形を通してもたらされるという契機を内的にはらんでいるということである。これが吉本のいう「黙契」の意味に他ならない。個体は「暗契」のうちで、自分が共同幻想の側からやってきた存在であり、その内部にとどまっているのだという了解を抱くのである。共同幻想か個体幻想に訪れる禁制はこの「黙契」に他ならない。この契機は同時に純粋な個体幻想の次元で心的に織りなされる「起源の物語」としての意味を持つ。構造的にいうならば、こうした心的な自己了解のあり様は、起源の場が個体幻想と共同幻想の同調として、つまり共同幻想が個体の起源という形で個体幻想を浸蝕し個体幻想を完全に浸してしまっている状態として捉えることが出来るはずである。「赦されて狎れあっているという意識」はその現われに他ならない。だからこそ個体幻想は共同性の、つまりは禁制の内部にとどまるのである。それは別な言い方をすれば、「逆立」の関係にある共同幻想と個体幻想のあいだで、共同幻想の側から個体幻想を少なくとも形式的には消去してしまうという「関係」が成立しているということでもある。逆にいえば個体幻想が同調・浸蝕という形で心的にはあらかじめ自らのなかに共同幻想を組み入れていることに禁制の起源が見出されるということでもある。

共同幻想と個体幻想および対幻想の同調・侵蝕の構造は、さらに次の段階では「憑く」「憑き」という現象として捉え返される。周知のように、『共同幻想論』第一部と私がみなしている部分において吉本が基礎的なテクストとして繰り返し引用・参照しているのは柳田國男の『遠野物語』である。「さいわいにもわたしたちは、いま無方法の泰斗柳田國男によってあつめられた北方民譚『遠野物語』をもっている。この日本民俗学の発生の拠典ともいうべきものは、民譚の分布をよく整備してあり、未開の心性からの変形のされ方は、ひとつの型にまで高められていて、根本資料としての充分な条件をもっている。わたしたちはこれを自由な素材としてつかうことができる」[14]。吉本は「憑人論」のなかで、その『遠野物語』から次のような話をはじめとして五つの話を引く。

「或る男が奥山に入って茸を採るため、小屋掛けをして住んでいたが、深夜に遠い処で女の叫び声がした、里へ帰ってみると同じ夜の同じ時刻に自分の妹がその息子に殺されていた」[15]。それについて吉本は次のようにいっている。

「フロイト的にいえば、『遠野物語』の村民は、じぶんの妹が息子の嫁と仲が悪く、板ばさみになった息子は母親を殺すか嫁を離別するかどちらかだと思いつめていることを予め知っていたために、山奥で妹の殺される叫び声をきいたのであろう。その時刻がほんとうに妹が息子から殺される時刻と一致したということにはさしたる重要な意味はない。もっと条件を緊密においつめてゆけば、思いつめた息子が母親を殺すのは今日か明日かという時間の問題であることをも、山奥にいたその村民は知っていたとかんがえることができるからである。孫左衛門のザシキワラシの娘に出遭った村民のばあいも、瀕死の老人が菩提寺にゆくのに道で出遭った村民のばあいでもこの事情はいっこうに変わらない。いずれもごくふつうの村民の入眠幻覚にすぎない。ここで一様にあらわれるのは、狭くそして強い村落共同体の内部における関係意識の問題である。共同性の意識といいかえてもよい。村落の内部に起こっている事情は、嫁と姑のいさかいから、他人の家のかまどの奥の問題まで村民にとっては自己を知るように知られている。そういうところでは、個々の村民の幻想は共同性としてしか疎外されない。個々の幻想は共同性の幻想に〈憑く〉のである[16]」。

「憑く」というのは共同幻想と個体幻想および対幻想が同心円的に重なり合い、同調・浸蝕しあう段階に比べるとやや高度な段階に属している。すなわち構造的にはすでに共同幻想からの分離の条件をはらんでいる個体幻想や対幻想が依然として共同幻想のうちにとどまり続けるための手段として、言い換えれば共同幻想の側からではなく個体幻想の側からやや意識的に共同幻想への同調を促す手段として存在しているのが「憑く」という行為なのである。この「憑く」ことをより純粋な個体幻想の心的な過程に引き寄せると、それは個体幻想の持つ心的世界の尖端としての意識の覚醒状態において「夢うつつ」という形で共同幻想への同調に向かう、「入眠幻覚」として現れる。そしてそこに共同幻想のさまざまな具体的内容が引き寄せられていく。それが予兆や夢告のような現象の意味となる。

　そしてこの段階がさらに高度化されると、ある特定の対象に個体幻想や対幻想を収斂させた上で、そこにさらに人工的な形で共同幻想を同調させるという特殊な技術へと至りつく。この技術の持ち主が「いづな使い」（狐使い）である。あるいは巫女とか釆女のように共同幻想を自らの性的な対幻想の対象とする女性の存在もそのヴァリエーションとして捉えることが出来るであろう。ただし後者の場合には、後で触れるように対幻想の共同幻想からの分離の段階がすでに始まっている。

　こうして諸個人は、共同幻想のうちから産み出されて（生誕）、共同幻想へと還ってゆく（死）という循環の過程という形で、個体幻想を共同幻想の内部に位置づけるのである。そのことをもっともよく示しているのが死の共同幻想的形態としての「他界」に他ならない。生から死へと至る個体幻想内部の時間的な過程は、「他界」という形で空間的に構造化され表象される共同幻想からの来訪と帰還の過程として把握される。そしてここにおいて共同幻想と個体幻想の同調・浸蝕の最終形態が現れる。それが最終的であるのは、この先へゆくと共同幻想の内部に非連続的な継ぎ目・転回点が発生し、起源としての共同幻想の分解が始まるからである。それは「他界」との往還に関わる「性」としての対幻想の固有化・自立化と、さらにその先に現れる固体幻想の自立的な分離とともに始まるのである。

　さて「他界」における起源としての共同幻想のリミットとは何か。それは、個体幻想としての過程に属している生と死が、因果関係の向きを逆にされた形で共同幻想へと関係づけられることとして現われる。『遠野物語』の話の一つに、山中で赭い顔をした異様な男女に会った鳥御前という鷹匠が登場する。彼は家へ帰るとその日あったことの一部始終を家のものに話すのだが、話し終えた後「おれはこのために死ぬかもしれない、誰にもいうな」と語る。そして三日後にじっさい死ぬのである。これはいったい何を意味するのだろうか。

「ようするに「鳥御前」は幻覚に誘われて足をふみすべらし谷底に落ちて気絶し、打ちどころが悪かったので三日程して〈死〉んだというにすぎないだろう。しかし「鳥御前」は、たんに生理的にではなく、いわば総合的に〈死ぬ〉ためには、ぜひともじぶんが〈作為〉してつくりあげた幻想を共同幻想であるかのように内部に繰込むことによって、山人に蹴られたことがじぶんを〈死〉に追いこむはずだという強迫観念をつくりださねばならなかったはずだ。そしてこのばあい「鳥御前」の幻覚にあらわれた赭ら顔の男女は、共同幻想の象徴にほかならないのである[17]」。

つまり鳥御前の死においては、怪我や病気などなんらかの形で個体の生理過程において生じた要因がもたらす死が、死がもたらさざるをえない共同幻想との出遭い方をしてしまったがゆえに自分は生理的かつ個体幻想的にも死なねばならない、という逆向きの因果関係へと置き換えられて了解されているのである。吉本はそれを、「共同幻想が個体幻想の内部で個体幻想をいわば〈浸蝕〉するという理由によって説明することができる[18]」と言っている。鳥御前のように自ら個体幻想の内部において強引に共同幻想による因果性をつくり上げ、その因果性にもとづいて死んでいくことは、個人の生死の過程が共同幻想から産み出され死をもって共同幻想へと還ってくるという形で表象されていることを意味する。そしてそこには、個体幻想の内部を共同幻想によって極限まで浸蝕され、個体幻想を共同幻想に向かって同調させられている個人の生死のかたちがみてとれるのである。この個体幻想に死をもたらす共同幻想が「他界」を意味していることはいうまでもない。

＊第二部

さて「他界論」の次には「祭儀論」が登場する。そこで先ほど言及した共同幻想から産み出されて共同幻想へと還ってゆく個々人の存在に関して、一つの新しい認識が加わる。それは生誕の位置に関わるものとしての対幻想をめぐる認識である。

「すぐわかるように、個体の個体幻想にとって、社会の共同幻想が〈同調〉として感ぜられるためには、共同幻想が個体幻想にさきだつ先験性であることが個体幻想の内部で信じられていなければならない。いいかえれば、かれは、じぶんが共同幻想から直接うみだされたものだと信じていなければならない。しかしこれはあきらかに矛盾である。かれの〈生誕〉に直接あずかっているのは〈父〉と〈母〉である。そしてかれの個体幻想の形成に第一次的にあずかっているのは、すくなくとも成年にいたるまでは〈父〉と〈母〉との対幻想の共同性（家族）である。またかれの個体幻想なくして、かれにとって共同幻想は存在しえない。だが極限のかたちでの恒常民と極限のかたちで世襲君主を想定すれば、かれの個体幻想は共同幻想と〈同調〉しているという仮象をもつはずである。あらゆる民俗的な幻想行為である祭儀が、支配者の規範力の賦活行為を意味する祭儀となぞらえることができるのはそのためである(19)」。

ここでは共同幻想からの生誕という個体幻想の起源の場面が、父母関係（夫婦関係）という性的な対幻想に置き換えられている点が焦点になる。そこに幻想性の内部に生じる最初の非連続的な継ぎ目が現われる。そしてこのことによって共同幻想から対幻想が分離する可能性もはじめて生じる。つまり個体幻想における生誕の意味づけと了解の成り立つ場が、共同幻想との直截的な関係から対幻想によって媒介された関係へと転移されるのである。ただし生誕において子が直接関係を持ちうるのは母だけだから、この生誕（個体幻想の形成の端緒）の場面はより多く母なるものへと関係づけられることになるだろう。「すくなくとも〈生誕〉の瞬間における共同幻想は〈母〉なる存在に象徴されるということである」[20]。このことは別な角度からいえば、共同体において自然の生産力の根源とみなされている霊力の再生儀礼（共同体の生誕＝起源を擬似的に反復し、それによって共同体の霊力を再生させる儀礼）が、年に一度共同体を来訪する豊穣の神「田の神《かん》さん」を迎える「田神《たのかみ》迎え」および「田神送り」の民間神事から、天皇の即位の年の新嘗祭《にいなめさい》である「大嘗祭《だいじょうさい》」に至るまで、その過程に「聖なる婚姻（神、あるいは神の代理人との対幻想関係としてのセックス）」の過程を含んでいるということとも関連づけて捉えることが出来る。そしてそれは、起源としての共同幻想からゆるやかに対幻想の分離と自立化が始まり、共同幻想の枠組みが逆に対幻想の側から根拠づけられるようになることを示唆していると考えてよいだろう。「祭儀」の本質はそこにある。

　さて共同幻想からの対幻想の分離と自立化は、対幻想からさらに個体幻想を産み出す過程、より正確に言えば個体幻想の分離と自立化を可能にする過程をも促すことになる。そしてこの地点において吉本は、『共同幻想論』における議論が依拠すべき素材を、個体幻想および対幻想が完全に共同幻想によって同調・浸蝕されている段階の民譚である『遠野物語』から、古代日本における国家としての幻想的な共同性の発生を神話的に跡づけようとした起源の物語としての『古事記』へと切り換えるのである。

対幻想の領域は父母関係を通してまず定立される。したがって吉本が捉える対幻想の根源は父母関係、さらにはその外延としての「家族」に求められているといってよい。「〈対なる幻想〉が生みだされたことは、人間の〈性〉を、社会の共同性と個人性のはざまに投げだす作用をおよぼした。そのために人間は〈性〉としては男か女であるのに、夫婦とか、親子とか、兄弟姉妹とか、親族とかよばれる系列のなかにおかれることになった。いいかえれば〈家族〉が生みだされたのである」[21]。だが対幻想がほんとうの意味で共同幻想に拮抗しうる自立性を獲得すると同時に共同幻想へと関係づけられていくためには、狭い意味での「家族」（夫婦および親子関係によって閉じている家族）の枠を超える必要がある。その媒介となるのが「兄弟姉妹」関係である。

「家族の〈対幻想〉が部落の〈共同幻想〉に同致するためには、〈対なる幻想〉の意識が〈空間〉的に拡大しなければならない。このばあい〈空間〉的な拡大にたえるのは、けっして〈夫婦〉ではないだろう。夫婦としての一対の男・女はかならず〈空間〉的に縮小する志向性をもっている。それはできるならばまったく外界の共同性から窺いしれないところに分離しようとする傾向をもっている。（……）ヘーゲルが鋭く洞察したように家族の〈対なる幻想〉のうち〈空間〉的な拡大に耐えうるのは兄弟と姉妹の関係だけである。兄と妹、姉と弟の関係だけは〈空間〉的にどれほど隔たってもほとんど無傷で〈対なる幻想〉としての本質を保存することができる。それは〈兄弟〉と〈姉妹〉が自然的な〈性〉行為をともなわずに男性または女性としての人間でありうるからである。

それだから〈母系〉制社会の真の基礎は集団婚にあったのではなく、兄弟と姉妹の〈対なる幻想〉が部落の〈共同幻想〉と同致するまでに〈空間〉的に拡大したことのなかにあったとかんがえることができる」[22]。

対幻想を自立化させ共同幻想と関係づけさせるものとしての兄弟姉妹関係は、個体幻想の分離・自立を同時に促す（対幻想の裏面をなす男性または女性としてのジェンダーの形成）とともに、起源としての共同幻想のあり方に大きな変化をもたらす。起源としての共同幻想においては個体幻想・対幻想・共同幻想の相互同調・浸蝕が問題であったのに対し、対幻想が兄弟姉妹関係を通して空間的に拡大される過程において、起源としての共同幻想―それはさしあたり家族共同体として現れる―のうちに、その「外部」、つまり家族共同体の外側へと出ていく兄弟姉妹が新たに属する共同幻想の水準と、「内部」としての家族共同体のあいだの分離が起こるということである。このことが、起源としての共同幻想に、「黙契」としての禁制の次元を超えるより明示的で強力な規範性を持つ共同幻想の構造への転換を促す非連続的な継ぎ目・転回点をもたらす。この転換は起源としての共同幻想の「外部」と「内部」への分裂を通してはじめて可能となるからである。それは、共同幻想と対幻想および個体幻想が本質的な意味においてそれぞれ自立しながら逆立することによって、もう少し精確にいうならば、この逆立を通して共同幻想が対幻想および個体幻想に対して、個体幻想内部の「夢うつつ」（入眠幻覚）の状態においてではなく、明確な、意識された状態においてもたらされる規範性・威力として現出するようになることを意味する。この過程にもっとも深く関わっているのが「家族」の内部と外部の境界を決定づける「近親相姦の禁止」という規範の発生である。この規範があるからこそ兄弟姉妹は「家族」の外部へと性的伴侶を求めて出立するのである。これが吉本のいう「対幻想の〈空間〉的拡大」の根拠となっているのはいうまでもない。

この過程には、前氏族的な共同体が、生産力の増大に伴なう規模の拡大や蓄積された富をめぐる共同体間の抗争によって分解し、氏族社会、さらには部族社会と呼ばれる初期国家の生成段階へと再編されていく過程が反映されている。起源としての共同幻想の「外部」と「内部」の分裂は、こうして起源としての共同幻想と新たな、より強い規範性・威力を持った共同幻想との垂直な関係へと置き換えられていく。そこには明瞭に「支配するもの」と「支配されるもの」の上下関係が刻印されるのである。多くの人類学や民俗学の史料は、その過程で起源としての共同幻想の「外部」へ出ていく兄弟姉妹が「女」であることを、つまり「姉（姉妹）」であることを示している。言い換えれば、「姉（姉妹）」が新たな共同幻想の本質となるのである。そのことを端的に物語っているのが、『古事記』における姉アマテラスと弟スサノオの姉弟をめぐる神話に他ならない。

＊第三部

アマテラスとスサノオの物語の本質は、さしあたりスサノオにおける「罪」の問題として捉えることが出来る。ではスサノオの「罪」の問題とはなんだろうか。これが「罪責論」の中心的テーマになる。

周知のように、『古事記』の記述に従えば、父イザナギによって夜の国を追放され姉アマテラスの住む高天原にやってきたスサノオは、神殿を汚したり、生きたまま逆剝ぎにした馬の皮を機織り場に投げ込んで、驚いた機織りの娘が梭を陰部《ほと》に突き刺して死ぬというような事件まで引き起こす。他にも田の畔を壊したり水の出口を塞いだりしている。ところでスサノオのこれらの行為はすべて、古代日本の法である「律令」の施行細則を集めた『延喜式』のなかで「天つ罪」と名づけられている国家発生以後の農耕共同体における規範を侵犯した「罪」に該当する。こうした「罪」を犯すサノオのうちに、吉本は、「共同体の〈原罪〉の発生[23]」を見ようとする。「原罪」を負わされているのはスサノオの向こう側に透けて見える、日本の国家以前的な未開段階における共同体の住民たちである。それは、ヤマト政権による国家形成以前の段階からこの日本の地に住みつき暮らしを営んできた起源としての共同幻想（共同性）の担い手たちといってもよい。そしてスサノオの背後に透けて見えるこうした共同体の住民たちの象徴としてのスサノオと、より威力を持って現われる国家段階の共同幻想の象徴であるアマテラスとの緊張と齟齬をはらんだ接触は、明らかに共同幻想のうちに潜む非連続的な継ぎ目・転回点の存在を示唆している。「農耕土民の祖形であってアマテラスの〈弟〉に擬定されたスサノオの背負った〈原罪〉は〈共同幻想〉としてみれば、ニーチェのいうようには不可解なものではない。この〈原罪〉が、農耕土民の集落的な社会の〈共同幻想〉と、大和朝廷勢力に統一されたのちの部族社会の〈共同幻想〉のあいだにうまれた矛盾やあつれきに発祥したのはたしからしくおもわれる[24]」。

ここでいわれている「矛盾やあつれき」が、『古事記』や『日本書紀』に記されている、ヤマト王権と、それへの服属を拒んだ「土蜘蛛」と呼ばれる土着集団、神武に反抗した「長髄彦」、あるいはヤマトタケルに滅ぼされた「熊襲」などとの衝突を具体的には意味していることはいうまでもない。だがここではそれは、アマテラスとスサノオの関係を通して、共同幻想内部の非連続的な継ぎ目・転回点としての意味へと象徴的に変換されている。つまりヤマト王権の成立過程における在来土着共同体との「あつれき」は、アマテラス（姉）とスサノオ（弟）という姉弟の関係による対幻想の関係の枠組みの空間的な拡大を通して、「農耕土民の集落的な社会」の段階に対応する起源としての共同幻想（国家以前の共同幻想）がそこに内在するプリミティヴな家族共同体とともに分解し始め、それと逆立する、より強力な規範性と威力を備えた共同幻想、つまりは国家としての共同幻想の水準が登場してくる過程へと変換されることを意味する。共同幻想そのものに内在すれば、それは、起源としての共同幻想から国家としての共同幻想が分離していく過程を逆立させ、起源としての共同幻想に対して外部（上位）から超越性として接触・侵入してくる国家としての共同幻想という図式へと転回させることとして現れる。そうした幻想性の水準内部における象徴変換の「発祥」、つまりおおもとであり、同時にある意味ではその変換の結果でもある起源としての共同幻想の担い手たちの国家としての共同幻想への服属が、スサノオの「罪」とその贖いである出雲への追放によって神話的に凝縮されて表現されているのである。「罪」とその贖いはまさしくこの服属の証しであり、服属を示す聖痕（スティグマ）に他ならない。それが同時に、延喜式のいう「天つ罪」の背後にある「天つ神」（国家としての共同幻想）と「国つ神」（起源としての共同幻想）の関係の意味にもなる。「スサノオは『古事記』の神話で国つ神の始祖とかんがえられている。いいかえれば農耕土民の祖形である。「高天が原」を統治するアマテラスが、神の宣託の世界を支配する〈姉〉という象徴であり、スサノオは農耕社会を現実的に支配する〈弟〉という象徴である。そしてこの形態は、おそらく神権の優位のもとで〈姉妹〉と〈兄弟〉が宗教的な権力と政治的な権力とを分治するという氏族（または前氏族）的な段階での〈共同幻想〉の制度的な形態を語っている。そしてもうひとつ重要なのは、〈姉妹〉と〈兄弟〉とで〈共同幻想〉の天上的および地上的な分割支配がなされる形をかりて、大和朝廷勢力をわが列島の農耕的社会とむすびつけていることである。大和朝廷勢力が何者であったか（いいかえればわが列島の一部土民から発祥したものか、あるいはわが列島の土民を席巻した異族であるのか）よくわからなくても、天上的な祖形と現世的な祖形の制度的な結びつき方はほぼはっきりと示されている、また、農耕的な社会での土民との結合や、契約や、和解によって、部族社会の政治的な支配を確立したことだけはたしからしくおもわれる」(25)。

起源としての共同幻想（共同幻想と個体幻想および対幻想の相互同調・浸蝕の段階）が解体された後に、より強い規範性と威力を備えた共同幻想（共同幻想と個体幻想＝個体幻想および対幻想の完全なる逆立）が生じること、そしてそこから「宗教―法―国家」という系統をたどる共同幻想が生成していくことのうちに、私たちは幻想性が国家の持つ本質へと接合される瞬間を見ることが出来る。そしてそれは、個々の人間存在と国家という強力な共同幻想とのあいだに逆立に由来するねじれ・裂け目・矛盾などの契機を帯びた関係が成立する瞬間でもあるのだ。それはいわば人類史における「歌の訣れ」、つまり「詩的なもの」と逆立する「非詩的なもの」としての思想＝倫理の発生の瞬間に他ならない。さらに吉本の言葉を引用しておこう。

「この挿話で個体としてのスサノオは原始父制的な世界（「河海」）の相続を否定して母系制的な世界（農耕社会）の相続を願望して哭きやまないために追放される。スサノオの個体としての〈罪〉

の観念はただそれだけのために発生するのである。そしてスサノオの〈倫理〉は青山を泣き枯らし、河海を泣きほすという行為のなかで象徴的にあらわれている。これをもしわが神話的な世界における個体の〈倫理〉の発生のプリミティヴな形態とかんがえるならば、その根源はただ農耕社会の〈共同幻想〉を肯定するか否定するかという点にだけあらわれている。いいかえればスサノオが父系制的な世界の構造を否定して母系制的な世界を肯定したとき、〈倫理〉の問題がはじめてあらわれるのである。もしも人間の個体の〈倫理〉が社会的欠如意識の軋みからうまれるものとするならば、スサノオの欠如意識は父系制そのものの欠如に発祥している。『古事記』神話を統合したものが、水田耕作民の支配者となった大和朝廷勢力によるものだとすれば、かれらは雑穀の半自然的な栽培と漁撈とわずかの狩猟によって生活していた前農耕的段階の社会を否定し変革し席捲したとき、はじめてかれらの〈倫理〉意識を獲取したのである。いいかえれば良心の疚しさに当面したのである。そこでかれらはさまざまの農耕祭儀をうみだしてこの〈倫理〉意識を補償せざるをえなかった。スサノオはのちにアマテラスと契約を結んで和解し、いわば神の託宣によって農耕社会を支配する出雲系の始祖という典型に転化するが、このことは巫女組織の頂点に位する同母の〈姉〉と農耕社会の政治的な頂点に位する〈弟〉によって、現世的な前氏族制の〈共同幻想〉の構成が成立したことを象徴しているとおもえる(26)」。

このくだりはいろいろな意味で『共同幻想論』の議論全体のなかでのもっとも重要な転回点を示している箇所と思われる。まさにこれが国家の発生の瞬間であり、神話の歴史への転化の瞬間であり、さらにいえば起源としての共同幻想の解体と服属のはてに宗教―法―国家へと流れ下る規範・

威力としての共同幻想――「権力」としての、といってもよい――が生成する瞬間でもあるからだ。こうして起源としての共同幻想からの対幻想および個体幻想の分離と自立化の過程と表裏一体の形で、国家としての共同幻想の生成が促されるのである。そして解体された起源としての共同幻想と新たに生成した国家としての共同幻想のあいだを、「罪」とそれに対応する「法」の構造（「天つ罪」）が橋渡しをする。それによって起源としての共同幻想の世界はスムーズに国家としての共同幻想の世界のなかへと滑り込んでいくことが出来るようになるのである。ここで吉本は明らかに『道徳の系譜学』におけるニーチェの視点と『トーテムとタブー』におけるフロイトの視点を導入している。両者の視点に共通しているのは「良心の疚しさ」と「罪」の意識の発生の相関である。ただし誤解がないようにいっておけば、ここではその相関は顛倒される。というよりあえていえばとほうもない詐術、欺瞞が行われるのだ。本来「罪」を負うべきなのは「良心の疚しさ」を抱くヤマト王権の側であるはずなのに、その「罪」は滅ぼされ服属させられる起源としての共同幻想の担い手たちの側へと転移されるのである。しかもこうした転移をもたらす詐術、欺瞞の痕跡は、スサノオが八岐大蛇を退治し出雲の地を平定した際に得た草薙の剣をアマテラスに献上したことに示されているように、最終的には国家としての共同幻想の連続性の確立によって跡形もなく消し去られてしまう。天皇制国家の神話的な、言い換えれば想像的な起源がここに堂々と確立されるのである。ただし一点だけつけ加えておくと、「良心の疚しさ」と「罪」の意識の相関は、フロイトのいう「抑圧されたものの回帰」（『モーゼという男と一神教』）をたえず伴なっている。いかなる国家の秩序といえどもこの「抑圧されたものの回帰」、言い換えれば解体されたはずの起源としての共同幻想が回帰してくるという事態を免れることは出来ない。しかもそれは国家としての共同幻想に敗北し解体されたため、多くの場合祟りをもたらす怨霊や悪霊として回帰してくるのである。そこで国家としての共同幻想は、回帰してくる起源としての共同幻想が国家に仇なす禍《まが》つ神《み》とならぬよう「鎮魂《たましずめ》」の儀礼を行う。出雲に建てられたスサノオの鎮魂のための須佐神社、出雲土着の神佐多大神を祭る佐多神社などはそうした「鎮魂」の場に他ならない。また後年「御霊《ごりょう》」と呼ばれる、国家に反逆を企てて敗れ怨みをのんで死んでいったものたちを祀る「若宮」が各地に建てられたのも同じ文脈に基づいている。今は京都の華やかな夏の風物詩としてのみ扱われることの多い祇園神社の「御霊会《ごりょうえ》」ももともとはこうした「鎮魂」の儀礼に他ならなかった。そこに、ふだんの秩序の中で隠蔽されている起源としての共同幻想と国家としての共同幻想のあいだのねじれた非連続的な継ぎ目が生々しく露呈しているのを私たちは見逃してはならない。

さらに共同幻想が国家へと登りつめる最後の段階について見ておこう。吉本は次のように書いている。「この世襲的な宗教的王権（邪馬台国に見られるような神権的ないしシャーマン的な呪力の世襲的継承に依存する王権）に関するかぎり、魏志の邪馬台国的な〈国家〉は起源的な〈家族〉および〈国家〉本質からつぎのような段階をへて転化したと想定できそうにみえる。㈠〈家族〉（戸）における〈兄弟〉⇕〈姉妹〉婚の禁制。〈父母〉⇕〈息娘〉婚の禁制。㈡漁撈権と農耕権の占有と土地の私有の発生。㈢村落における血縁共同制の崩壊。〈戸〉の成立。〈奴婢〉層の成立と〈大人（首長）〉層の成立。㈣部族的な共同体の成立。いいかえれば〈クニ〉の成立[27]」。

ここで挙げられている四つの項目のうち、㈠は「近親相姦の禁止」の問題である。すでに見たようにフロイトは対幻想間の抗争の制圧による共同幻想内部の掟の創出に「近親相姦の禁止」の理由を見ようとした。また『親族の基本構造』[28]におけるレヴィ＝ストロースの議論では、「近親相姦の禁止」はクラン（同一出自を持つ民族）における外婚制の根拠とされている。すなわちクラン内部の女たちを外部のクランとの互酬的交換関係のための手段（商品）とするメカニズムが「近親相姦の禁止」であるということである。では吉本はどのように考えるのか。

対幻想における兄弟姉妹関係の空間的な拡大がリミットまで進むとき、より高次な共同幻想の段階へと登りつめるためには、対幻想の外へと女たちを疎外することが不可欠になる。ただしそれはレヴィ＝ストロースのように外婚制による交換関係を形成するためではない。より高次な段階にある共同幻想（初期王権国家の共同幻想）は、その共同幻想の成立のために、共同幻想が象徴的に収斂する中心を必要としていた。それは、呪術的・宗教的権威を持った神聖な存在によって具体化される。対幻想の外へと疎外された女のうち共同体のなかで高位な位置にある女、とくに首長の姉妹が、対幻想を離れてより高次な共同幻想のうちへと入っていくとき、基本的にはこうした共同幻想の中心に位置する神権的呪力の持ち主という資格で入っていくことになる。それが邪馬台国における「姉」卑弥呼の意味にもなる。アマテラスの存在はそこから事後的に抽き出され象徴化された神話的形象に他ならない。そしてこのことが初期王権国家における神権と世俗的権力の二分化の根拠となっていく。逆にいえば起源としての共同幻想の内部における兄弟姉妹関係としての対幻想をリミットまで引っ張っていくと、その先に対幻想の枠をはみ出てしまうことで神聖化される「聖なる女」が現われるということである。おそらく厳密にいえばそれはジェンダーとしての女でなくてもよいはずである。フロイトにおける「原－父」がそうであるように。「〈対なる幻想〉を〈共同なる幻想〉に同致できるような人物を、血縁から疎外したとき〈家族〉は発生した。そして疎外された人物は、宗教的な権力を集団全体にふるう存在でもありえたし、集団のある局面だけでふるまう存在でもありえた[29]」。

ただそれが可能になる根拠、メカニズムとして「近親相姦の禁止」が導入された後では、より高次な共同幻想における霊能的な存在として神聖化されるこの人物は「近親相姦の禁止」空間としての「家族」の外部に排出された「女」、しかも少なくとも形式的には「姉妹」として表象される「女」でなければならないことになる。このことが、「天つ罪」とペアになる形で近親相姦の禁止をうたった「国つ罪」が設定されていることの根拠でもある。はるか後代のことにはなるが、伊勢神宮で神に仕える神聖な「女」の役割を担ってきた斎宮《いつきのみや》は皇女でなければならなかった。それは、擬制的にせよ斎宮が「王＝天皇の姉妹」である必要があったことの証明になる。あるいは各国が大王＝天皇に、その国の首長の家族や親族の一員である女性を「采女《うねめ》」として差し出したのも同じ原理に基づいている。ちなみにこの過程は、経済的にいうと共同体内部における贈与と平等な分配、さらには余剰な富の消尽による蓄積の否定という前氏族的段階から、富が蓄積され、さらに他の共同体との交換が交易として行われるようになる氏族↓部族社会という初期王権国家段階への移行と対応している。そこでも「富」をめぐる幻想性の中身が、「禁制」の段階から「規範」の段階へと切り替わるのである。㈡は王権の発生にともなう共同体内部の階級の発生の問題である。共同幻想の側面からみればそれは、階級の区分による共同幻想の段階化を生んだはずである。すなわち共同体内部に異なった共同幻想間のヒエラルヒーが生まれるということである。これはいうまでもなく支配と被支配の始まりにつながる。㈢は、㈠の問題と密接に関係する。近親相姦の禁止には先ほど述べたことに加え、共同体内部における「家」のあり方の変化という問題が存在する。すなわち近親相姦の禁止によって兄弟姉妹（親子）の対幻想の外部へと疎外された「聖なる女」以外の女たちは、対幻想の同心円的拡大の上に成立する血縁的な家族共同体の外延の外へと出て行かざるをえない、つまり家族共同体の外延の外で婚姻関係を結ぶのである。そしてそのような女たちにとっての婚姻は、起源としての共同幻想の根幹ともいうべき血縁的家族共同体とは異なる原理に立つ家（家族）の形成へとつながっていく。それが「戸」という単位になる。女たちは「戸」の「母」（原—母）になる。このあたりにはおそらく高群逸枝が明らかにした「招請婚」に基づく母系による家の継承という問題がからむはずである。[30]「奴婢」と「大人《うし》」の関係は㈡の階級や土地の占有の発生と平行する。そして㈣における「クニの発生」の段階へといたるのである。とくにここでは共同体間の関係が問題になってくる。後代の「主権」の原型的モデルともいうべき交戦権や外交権がここから発生することになる。

かくして吉本の起源の共同幻想の段階から国家の発生までをたどる壮大な旅は終る。何度もいうように本書はたんなる歴史の書でも民俗学の書でもない。『共同幻想論』はなによりも国家の革命の書として読まれなければならない。私はこれまで共同幻想についてその内部の潜在する非連続的継ぎ目・転回点を探り当てることが重要だと繰り返し述べてきた。その継ぎ目こそが、共同幻想を解体・無化する国家の革命の戦略的なポイントになるからである。ここで吉本が『共同幻想論』のなかで唯一そうしたモティーフを明確に語っている箇所を引用しておこう。「かくして共同幻想が自己幻想と対幻想のなかで追放されることは、共同幻想の〈彼岸〉に描かれる共同幻想が消滅することを意味している。共同幻想が原始宗教的な仮象であらわれても、現在のように制度的あるいはイデオロギー的仮象であらわれても、共同幻想の〈彼岸〉に描かれる共同幻想が、すべて消滅せねばならぬという課題は、共同幻想自体が消滅しなければならないという課題といっしょに、現在でもなお、人間の存在にとってラジカルな本質的課題である」[31]。そしてこれもすでに述べたように、このような起源としての共同幻想の「彼岸」にある国家としての共同幻想の解体と無化という国家の革命の本質的課題にとって重要な意味を持つ共同幻想内部の非連続的な継ぎ目・転回点のうちで、とりわけ注目すべきなのが、「兄弟姉妹」関係の空間的拡大と国家の共同幻想への道が交差する地点である。極めて単純化していえば、共同幻想の解体と無化の戦略的ポイントは原理的には、この「兄弟姉妹」関係として現われる対幻想のベクトルを逆向きにすることにある。すなわち「兄弟姉妹」関係→「近親相姦の禁止」というベクトルをひっくり返すのである。するとそこに浮かび上がってくるのは「兄弟姉妹」関係の空間的拡大の此岸にとどまっている対幻想の形だということになる。そこに向かってむしろ対幻想を縮小・還元させていくことが共同幻想の解体と無化の基本戦略となるのである。

それはおそらく二つの方向性を持ちうるだろう。ひとつは文字通りの「縮小」である。起源としての共同幻想の内部に薄ぼんやりとした形でとどまっている禁制、禁忌や他界の世界へと回帰していくということである。それはある種の極端な復古主義による近代国家批判において見られる傾向である。アジア・太平洋戦争中各地の神社ではしばしば「禊」という儀礼が行われたが、それはそのような傾向の現われに他ならなかった。だがそれはとんでもない錯誤であり文字通りの意味での退行でしかない。

とするならそれとは異なる第二のベクトルが考えられなければならない。ひとつの方向性として浮かぶのは、対幻想が「兄弟姉妹」関係という、性的であると同時に血縁的であり、かつそのうちに「近親相姦の禁止」を含む近親関係へと最終的に収斂していくのを拒否する方向性である。すでに述べたようにそれは、「兄弟姉妹」関係が骨格となっている近親共同体としての「家族」の枠組みが解体されてしまうことを意味する。より大胆にいえば、対幻想にそくして「兄弟姉妹」関係のなかで「女」であることを決定づけられているジェンダーの枠組みから「女」を解放するということでもある。そして「女」のジェンダーの解放がそのままその対角線上にある「男」のジェンダーの解放にもつながることはいうまでもない。ジェンダーばかりではない。セクシュアリティの形そのものの解放の問題がそこには伴なっている。

フロイトは幼児性欲のあり方に関連して「多形倒錯」という概念を提起しているが、対幻想における欲望の対象が成人異性ばかりではなく同性や年少者、老人にまで拡大されること、さらには「正常な」性器欲望ばかりではなく口唇、肛門、フェティシズム、サド・マゾヒズムにまで無限に欲望の対象が拡大され多様化されることは、対幻想が「家族」にのみ限定・収斂するというような偏った見方への決定的な反証となるだろう。もちろん問題の本質がセクシュアリティの実際の行為面における多様化にあるわけではない。また常識的に性的異常行為とみなされるような行為を奨励するわけでもない、問題はあくまで原理的な認識のあり方なのだ。そしてここに共同幻想の解体と無化を考える上での大切な鍵が潜んでいることは間違いないと思う。この「多形倒錯」の問題は、後で触れるようにドゥルーズ＝ガタリが『アンチ・オイディプス』で提起した「n個の性」という問題につながる。(32)

(7)『共同幻想論』一三六～七頁
(8) 同前 四〇頁
(9) 同前 四一頁
(10) 同前 四二頁〔 〕内筆者
(11) 同前 四三頁
(12) 同前〔 〕内筆者
(13) 同前 四七～八頁
(14) 同前 四九頁
(15) 同前 七二頁
(16) 同前 七六頁
(17) 同前 一二三～四頁
(18) 同前 一二四頁
(19) 同前 一三六～七頁
(20) 同前 一四〇頁
(21) 同前 一八二頁 ここで一点触れておかねばならないのは、吉本の「対幻想」および「家族」の捉え方に対する次のような批判の問題である。すなわち吉本が捉えた「対幻想」や「家族」の形が、近代以降になってはじめて登場する「核家族」を逆に古代へと遡らせて当てはめることから生じているという批判が含んでいる問題である。この批判は家族形態が一夫一婦制ではなく集団家族制ないしは大家族制から始まったという認識を前提にしている。この場合問題はふたつ考えられるだろうと思う。

ひとつは、集団家族制や大家族制が基本的には近代以前の生産制度の問題であり、吉本のいう性的な「対幻想」の領域の問題ではないということである。たしかに核家族的な家族制度およびその前提となる一夫一婦制は近代の産物かもしれないが、それは、近代の生産制度において主として男性が外へと働きに出ていき、女性が家の維持や家事労働にあたるという男女間分業が常態化したことと平行関係にある。したがってここでも「対幻想」が問題になっているわけではない。「家族」関係を幻想性の視点から見たとき、はじめて吉本のいう「対幻想」の問題が現れるのである。そして吉本にそくしていえば、性的な幻想性の内部で「家族」を生成させる要因はおそらく「近親相姦の禁止」だけであろうと思われる。問題は一夫一婦制かどうかということでも、エンゲルス的意味での乱婚制があったかどうかということでも、まして男女間の家族内分業が存在したかどうかということでもなく、性的な幻想性の内部に「近親相姦の禁止」という規範が設けられ、それによって非連続的な分節化が生じるということだけなのである。この分節化を通じて、起源としての共同幻想にプリミティヴな家族共同体の「内」と「外」の区別（「性的関係を持ってはならない女」と「性的関係を持つことが出来る女」の区別）が形成され、前者が「対幻想」としての「家族」の閉域を、後者がより高次な国家としての共同幻想の領域を生み出すことになるのである。

ここでもうひとつの問題が見えてくる。フェミニズム的視点から見た場合、女性が「近親相姦の禁止」の対象となることが同時にある特定の婚姻システムへの従属を、レヴィ＝ストロース風にいえば「女の交換財＝商品化」を生み出すという問題である。それは女性がある特定の性的欲望のコードを通して記号化されるということでもある。フェミニズムの視点に立てば、こうした議論自体が女性に対する差別を生み出し固定化するという批判がそこから引き出される。ちょうどフロイトの「去勢コンプレクス」による「女性」というジェンダーの決定という議論がそうであるように。吉本もそうした差別性を免れていないということになる。だがここで問われているのは、婚姻システムそのものというより、むしろこの欲望のコードと相関づけられる「女性」のジェンダーおよびセクシュアリティの規範化なのではないだろうか。とするならばこのような批判は、吉本の「対幻想」概念への批判としてはまとはずれといわざるをえない。繰り返しになるが吉本の「対幻想」概念のもっとも核心的な問題は、「近親相姦の禁止」およびその裏面となる「兄弟姉妹の対幻想の拡大」であり、ジェンダー・セクシュアリティの問題は、吉本自身のなかでも『共同幻想論』以降の重要な課題として扱われることになる（五における議論を参照）。

(22) 同前　一六一～二頁
(23) 同前　二〇三頁
(24) 同前　二〇四頁
(25) 同前　二〇二頁
(26) 同前　二〇六頁
(27) 同前　二五四～五頁〔（）内筆者
(28) レヴィ＝ストロース『親族の基本構造』（福井和美訳）青弓社　二〇〇一年
(29) 『共同幻想論』一七五頁
(30) 高群逸枝『招請婚の研究』大日本雄弁会講談社　一九五三年『高群逸枝全集』第二・三巻　理論社　一九六九年　および『母系制の研究』恒星社厚生閣　一九三八年『高群逸枝全集』第一巻
(31) 『共同幻想論』一三五頁
(32) ジル・ドゥルーズ＝フェリックス・ガタリ『アンチ・オイディプス』（市倉宏祐訳）河出書房新社　一九八六

V 『共同幻想論』以降の課題

(1) 『情況』

『共同幻想論』においてもっとも重要なポイントとなっているのは、起源としての共同幻想と宗教―法―国家へと流れ下る共同幻想との、非連続的な継ぎ目・転回点を含んだ関係である。それは共同幻想の「彼岸」と「此岸」の関係の問題といってもよい。そして『共同幻想論』以降の吉本のなかでも、この二つの共同幻想の関係をめぐる議論が執拗な形で展開されていることを見逃してはならない。そしてこの共同幻想の彼岸と此岸の関係こそあらゆる共同幻想の死滅と解体という課題の中心的なポイントとなる。

ところですでに触れたように『共同幻想論』が出版された一九六八年は、青年学生層を中心としたヴェトナム戦争に対する抗議運動から始まった急進的な街頭政治行動が、フランス五月革命に代表されるように先進資本主義国を中心とする全世界的な政治的・社会的大衆反乱にまで発展した年だった。しかもこの大衆反乱の波は資本主義諸国のみならず、中国のプロレタリア文化大革命やチェコの「プラハの春」のように社会主義ブロックにも及んだ。日本においても六八年から六九年にかけて、ヴェトナム反戦と七〇年安保再改定阻止を掲げて街頭における警察機動隊との激しい衝突を繰り返す反戦・反安保街頭闘争や、ストライキ、バリケード封鎖といった実力行動を通して大学の現状をラディカルに変革しようとする全国各大学の学園闘争がピークを迎えていった。そしてその背後には第二次世界大戦以降の戦後社会に生じつつあった本質的な構造変化の問題が潜んでいた。

第二次世界大戦後の時代、冷戦体制の下で自由主義陣営、社会主義陣営はそれぞれの政治・経済秩序を確立していったが、六八年前後になると、自由主義陣営の側ではヴェトナム戦争の泥沼化や南北格差の拡大、さらには戦後長く続いてきた高い経済成長の変調の兆し、先進社会内部のさまざまな社会問題の激化（環境汚染、都市問題、物価高、管理社会の重圧、社会規範の弛緩や価値観の分裂等々）など、また社会主義陣営の側でもフルシチョフ平和共存路線の破綻、陣営内部の対立の深まり（中ソ対立、ルーマニアやユーゴスラヴィアの独自路線の強まりなど）、さらには政治体制の硬直的な官僚化と指令型計画経済の非効率性がもたらした社会経済システム総体の機能不全など、次第に矛盾、亀裂の様相を深めつつあった。これらの諸現象は、近代国民国家システムや近代産業システム、さらには近代文明システムからなる近代社会システム総体の制度疲労、機能不全ともいうべき根本的な問題を含んでいた。社会主義陣営の矛盾の激化もまた明らかにスターリンによって確立されたソ連型社会主義システムの根本的動揺の現れに他ならなかった。六八年の反乱は基本的にはそうした政治・社会・文化システム総体の軋み・揺らぎによってひき起こされたものであり、そこには社会主義を含めた近代システム全般を土台から揺るがすような根本的な政治・社会・文化の変動の兆しを伴なっていた(1)。

吉本自身はいうまでもなくこの反乱をひき起こした世代には属していない。だがこの反乱の過程で、『共同幻想論』を始めとして吉本のテクストは反乱を主導する理念の源泉として多くの反乱世代の若者たちに読まれるようになった。それは、世界的にいえばサルトル、マルクーゼ、アルチュセール、毛沢東らが反乱の理念的手引きとして読まれたのと同じ現象だった。好むと好まざると吉本の思想は「六八年革命」と呼ばれる世界的な反乱状況との関わりを強いられていったのである。ではこの事態に吉本はどのように反応したのか。その手がかりとなるのが一九七〇年に公刊された『情況』という著作だった。[2] 雑誌『文芸』に六九年三月から七〇年三月まで連載されたテクストがもとになっている本書はまさにあの反乱の季節への吉本の思想的対応のドキュメントに他ならない。

本書において吉本は基本的には六〇年代を通して形成された自らの思想的立場を保持しているといってよい。そのかぎりでは本書における吉本の表現に、これまで見てきた吉本の思想的立場の変化をうかがわせる明確な兆候は感じられない。だが本書の内容をたどっていくと、微細なトーンではあるが、吉本が現に生まれつつある事態に対しある戸惑いや揺れを感じているのを窺うことが出来る。そしてそれは、突きつめていくと何らかの形で『共同幻想論』の内容に見直しや変更を迫る契機となるのではないかという印象、予感を与えるのである。そのひとつの現われが、ちょうどこの時期に日本への紹介が始まったフランス構造主義を扱った「機能的論理の限界」の章である。フランス構造主義の登場とその受容は明らかに六八年の反乱の季節の知的・思想的な環境や雰囲気と深く関連している。[3]

吉本はそこでフーコー、アルチュセール、レヴィ＝ストロースを取り上げているが、とくに印象的なのはフーコーへの対応である。吉本がフーコーのうちに見ようとしたのは、フーコーにおける「体系《システム》」の意味だった。「わたし（たち）が、フーコーのかなり決定的な座談の発言からうかがうことができるのは、フーコーが「体系《システム》」とよび、また一般的に構造主義が〈構造〉とよんでいるものは、さまざまな位相におかれている言語や思惟や感性や思想を、さまざまな水準をもった〈共同規範〉として切りとった側面をさしているらしいということである。この〈共同規範〉という概念は、もちろん人間的でもなければ人間主義（ヒューマニズム）的でもない。なぜなら〈共同規範〉のなかに貌をだす人間はさかさまになった〈人間〉であり、そこでは人間は〈幻想〉や〈観念〉をあたかも〈身体〉であるかのようにわりこませてゆくよりほかに参加の方法がないからである。この〈共同規範〉のなかでは人間の生ま身の〈身体〉のほうは、逆に幽霊のように〈幻想〉や〈観念〉のような役割を演ずるほかはない[4]」。

ここで吉本がフーコーのなかから探り当てようとしたものが、フーコーの反人間主義的思考であることは、すでに『言葉と物[5]』を知る私たちにとっては自明な知識に属しているといってよい。だが吉本がこの時点で、限られた情報の範囲のなかからフーコーのこの問題を抽き出したことにはやはり注目しなければならない。吉本はフーコーの思考から直観的に、思想体系のなかから人間の居場所が消えていくという傾向を感じとったのだと考えてよいだろう。もちろん吉本はそうしたフーコーの思想の持つ傾向に対して批判を加える。ただそれが単純な人間中心主義に根ざした批判に過ぎないなら問題にするにあたらないはずである。だが吉本がここで問おうとしているのはそうした単純な問題ではなかったように思える。

フーコーの、「共同規範」としての「体系」には「さかさまになった〈人間〉」しか参加出来ないと吉本はいう。「さかさまになった〈人間〉」とは、「〈幻想〉や〈観念〉をあたかも〈身体〉であるかのように」扱われる人間である。そしてフーコーのこのような人間概念にしたがえば、吉本がマルクスの「自然哲学」を通して見出した「疎外」の機制は消滅してしまうことになる。最初から幻想や観念を身体とする人間には、自然性と幻想性のあいだの「疎外」を通した「逆立」関係は存在しないし、そもそもそうした関係を設定する必要がないからである。そしてフーコーの「共同規範」としての「体系」はそうした意味を含んだ人間像を必然的に生み出すのである。

このことは吉本の幻想論体系に重大な影響を与えるはずである。というのも吉本の幻想論体系は、基底をなす「自然哲学」の次元での「疎外」を起点に、幻想性の内部における非連続的な継ぎ目・転回点を梃子にしながら形成されていくからである。こうした非連続的な継ぎ目・転回点を梃子とする幻想性の構造が、個体幻想・対幻想・共同幻想の相互関係の内容ともなるのである。フーコーの「共同規範」としての「体系」は、吉本の文脈に置き換えて言うと、幻想性の内部にいっさいの非連続的な継ぎ目・転回点を持たない、いわばのっぺらぼうのような共同幻想の一元的構造ということになるだろう。そこにはいかなる意味でも「逆立」の契機は存在しない。人間の存在はこの共同幻想の一元的構造のうちに溶解されるのである。それがとりもなおさずフーコーの「人間の死」の意味ともなる。

吉本はこうしたフーコーの考え方に明らかに戸惑いを感じ反発している。思想史的にいえばこうしたフーコーの考え方は、「意志論」を土台に構成されているヘーゲルの哲学体系のもっともラディカルな否定を意味する。そしてヘーゲルの「意志論」は吉本の幻想論の根底をなすものであった。マルクスの「自然哲学」もヘーゲルの「意志論」の延長線上に出てきたものだからである。さらにもう一点つけ加えておけば、フーコーの考え方では、個体幻想とともに対幻想の固有性も失われる。それは、吉本の幻想論体系のなかで最大の非連続的な継ぎ目・転回点となる、近親相姦の禁止と表裏一体になった兄弟姉妹関係としての対幻想の拡大という問題が消滅することにつながる。起源としての共同幻想から国家としての共同幻想へと向かう幻想性の水準の高度化の過程、そしてそこに刻印されている非連続的な継ぎ目・転回点が消えてしまうのである。それは事実上『共同幻想論』へと結実した幻想論体系の崩壊以外のなにものも意味しない。吉本がフーコーに反発するのはある意味では当然であろう。この時点で吉本はフーコーを、かつてプラグマティズムや古典的マルクス主義に向けられた機能主義批判の延長線上で、「機能的論理」として批判している。ただしこの批判は、情報不足もあってとうてい正鵠をついた批判とはいえないと思われる。

だが私にとって気になるのはそうしたことではない。問題なのは、そうした批判にもかかわらず吉本のフーコーへの対応には密かな共鳴というか揺れが感じられることである。というのもフーコーの考え方を批判する際に留保というかふくみを残しているように思えるのである。「ここでは言語や思惟や感性や思想や、また習俗でさえも、〈法〉や〈政治〉や〈制度〉と同じようにみなして、その水準であつかうことができるようになる。これはちょっとした魅力である[6]」。こうした言い方に吉本の密かな共鳴や揺れが感じられるのだ。なぜ吉本はフーコーに「ちょっとした魅力」を感じるのだろうか、それはいったい何に由来するのだろうか。

いうまでもないが吉本の『共同幻想論』を中心とする幻想論体系は日本のなかだけで構想されたものであった。フーコーに遭遇したことは、そうしたいわば一国理論としての吉本の幻想論体系がフーコーによって体現されている世界思想の水準と出遭い交差したことを意味する。このようなフーコーとの遭遇が吉本にある種の触発を与えたことが、「ちょっとした魅力」の根拠があったのではないだろうか。具体的にいえば、吉本のなかで『共同幻想論』の中身を世界思想の普遍性のレヴェルにおいて検証してみたいという欲求が惹起されたということである。実際これは後に、バタイユやブランショなどフランス現代思想の起源ともいうべき思想家たちを中心に、吉本がはじめて本格的に外国文学や思想について『書物の解体学』(7)で論じていることによって証明される。そしてそこからさらには、一九七九年のフーコーの来日の際に実現した対話『世界認識の方法』(8)も生まれるのである。いうまでもないことだが、それは決して彼らへの単純な傾倒を意味していたわけではない。それどころかそこには、彼らの思想が窮極的には「機能主義」なのではないかという吉本の批判意識は強まりこそすれ変わることはなかった(9)。にもかかわらず一九七〇年代から八〇年代にかけての吉本が世界思想との対質化にやや異様ともいえる熱意をもって取り組んでいったことはまぎれもない事実であった。

さらにそれと関連してもう一点問題がある。すでに述べたように『共同幻想論』の真のモティーフは国家としての共同幻想の解体・消滅であった。そのとき解体・消滅のためのもっとも重要な与件となるのが幻想性内部での非連続的継ぎ目・転回点だった。そこを逆向きにたどることが解体・消滅へと道となるはずだった。だが吉本は、フーコーから、そうした方向とはまったく違った形での共同幻想の解体・消滅へと向かう道を示唆されたのではないだろうか。それは、ヘーゲルの「意志論」、さらにはその延長線上に出てくるマルクスの「自然哲学」とは原理的に異なる共同幻想の解体・消滅への道である。そこから吉本のなかで、一九七〇年代から八〇年代にかけての日本社会の変容の認識と相関するかたちで、フーコーから得た「のっぺらぼう」な一元的共同幻想のイメージを、この時期に発生しつつあった、起源としての共同幻想の「彼岸」にある国家の共同幻想の、さらにそのまた「彼岸」にある共同幻想のあり方の問題として捉えかえそうとする志向が芽生えてくる。

この国家の共同幻想のさらに「彼岸」にある共同幻想は、具体的にいうと、幻想性の継ぎ目の融解とともに個体幻想・対幻想・共同幻想のそれぞれが明確な境界を失って錯綜しながら浮遊し始める過程として、さらにそれらが環界としての現実との指示表出的な照応関係からも遊離しながら、次第に像＝イメージへと結晶していく過程として現われる。一言でいえば、世界が指示表出に対応する意味の枠組みから乖離しながら純粋な像＝イメージへと帰着していくということである。同時にそこで自己表出の輪郭も溶解し始めていることはいうまでもない。吉本は、この純粋な像＝イメージの世界に、国家としての共同幻想のさらに「彼岸」にある共同幻想のあり方の本質を見ようとする。そして重要なのは、この像＝イメージとしての共同幻想が国家としての共同幻想のほうへと逆流していくとき、国家としての共同幻想の融解が始まるということである。それは、明らかに『共同幻想論』の段階における共同幻想の捉え方、あるいはその解体のプロセスをめぐる認識とは異質な性格を帯びている。そのひとつの証左が、この過程には、マスメディアの肥大化やコンピュータを中心とする電子情報技術のめざましい発達が深く関与しているという吉本の認識に他ならない。意味を失った像＝イメージが自由に浮遊する場、空間を生み出したのはこうしたメディア・情報技術の発達なのである。それはいわゆる現実の「ヴァーチャル化」という傾向へとつながっていく。吉本はこの頃から、テレビ、ポピュラー音楽、漫画、アニメなど「サブカルチュア」についての本格的な検討に取り組み始めるが[10]、その核心には、そうした「サブカルチュア」が生息する「ヴァーチャル化」した像＝イメージの浮遊空間が、国家としての共同幻想の「彼岸」にあるもうひとつの共同幻想と重ねあわされるのではないかという吉本の認識があったと思われる。

しかもこの国家としての共同幻想の「彼岸」にある純粋な像＝イメージとしての共同幻想には、さらに根源的な反転の契機が含まれていた。それは、国家としての共同幻想の「彼岸」に現れる、この純粋な像＝イメージとしての共同幻想が、いわば一挙的に反転しつつ起源としての共同幻想のさらに「此岸」というべき場へと回帰していくという契機である。それは、八〇年代から次第に吉本のなかで起源論という形で論じられることになる「アジア的なもの」、さらにより起源的な段階としての「アフリカ的なもの」という段階である場である。そこにおいていわば国家としての共同幻想の「彼岸」という場と、起源としての共同幻想のさらに「此岸」にある起源の場が反転しながらひとつに融合していくのである。ずっと後になってこの問題は『母型論』という著作に結実する。その冒頭で吉本は次のように言っている。「言葉〔『言語にとって美とはなにか』〕、原宗教的な観念の働きと、その総体的な環境ともいえる共同幻想〔『共同幻想論』〕を、どこかでひとつに結びつけて考察したいとかんがえていた。（……）わたしがじぶんの認識の段階を、現在よりももっと開いていこうとしている文化と文明のさまざまな姿は、段階からの上方への離脱が同時に下方への離脱と同一になっている方法でなくてはならないということだ。

わたしがいまじぶんの認識をアジア的な帯域に設定したと仮定する。するとわたしが西欧的な認識を得ようとすることは、同時にアフリカ的な認識を得ようとする方法と同一になっていなければならない。またわたしがじぶんの認識を西欧的な帯域に設定しているとすれば、超現代な世界認識へ向かう方法は、同時にアジア的な認識を獲得することと同じことを意味する方法でなくてはならない[11]」。

この「彼岸」と「此岸」の反転と通底に吉本は共同幻想の解体と消滅の最終的な担保を見ようとしているように思われる。そしてそれは、『ハイ・イメージ論[12]』における俯瞰的な「世界視線」に基づいた像＝イメージによる幻想性の把握と表裏一体のものである。このような『共同幻想論』以降の吉本の思想的軌跡の出発点に位置しているのが、『情況』におけるフランス構造主義、とりわけフーコーとの遭遇だったと私には思える。ついでにつけ加えておけば、今引用した文章にもあるように、この問題は歴史のパースペクティヴからいえば、前近代（アジア・アフリカ的段階）↓近代（わたしたち）↓超近代（国家としての共同幻想の「彼岸」）というリニアーな時間の流れを、前近代と超近代との結びつきを通した近代の相対化によって自由に再構成し直すことにもつながっていく。この点が日本のなかでは、中沢新一あたりにその影響が現われた、吉本とポストモダニズムの交錯の根拠ともなる。ここに吉本が「六八年」とともに始まる時代から受けた影響の本質的な形が現れている。

もう一点だけつけ加えておくと、こうした国家の共同幻想のさらに「彼岸」にある共同幻想、すなわち像＝イメージへと結晶していく共同幻想と、起源としての共同幻想の「此岸」としての「アジア的なもの」「アフリカ的なもの」の段階の通底という問題に関わるもうひとつの文脈として、この時期の吉本が取り組んでいる古典論と詩論の本質的な相関という問題がある。そこでは「修辞的な現在」という形で現れる現代詩の像＝イメージへの凝縮傾向と、古代歌謡において誕生した「枕詞」という固有の意味を持たないイメージ的な詩語の性格が共鳴しあっている。ここにも前近代と超近代の通底をめぐる吉本の問題意識のあり方を看て取ることが出来る。[13] そしてそれは同時に資本主義と社会主義の対立が消滅するポスト冷戦時代におけるグローバルな世界のイメージを先取りしているともいえるだろう。

(1) 周知のようにエマニュエル・ウォーラステインはこの一九六八年の反乱を明確に「革命」と呼び、その後長期にわたって続く近代世界システムの根本的変動の始まりとして位置づけている。
(2) 『情況』河出書房新社 一九七〇年
(3) 『環』vol.133「世界史のなかの六八年」藤原書店 二〇〇八年 参照
(4) 『情況』五三頁
(5) ミシェル・フーコー『言葉と物』（渡辺一民・佐々木明訳）新潮社 一九七五年
(6) 『情況』五四頁
(7) 『書物の解体学』中央公論社 一九七五年
(8) 『世界認識の方法』中央公論社 一九八〇年
(9) ロングインタビュー「肯定と疎外」『現代思想』臨時増刊「吉本隆明」青土社 二〇〇八年 『貧困と思

想』所収 青土社 二〇〇八年 参照
(10) 吉本が「サブカルチュア」問題に最初に言及したのも『情況』においてであった(「芸能の論理」)。その意味でもこの著作は、吉本のその後の思想的軌跡にとって象徴的な意味を持っている。『マス・イメージ論』福武書店 一九八四年 および『重層的な非決定へ』大和書房 一九八五年 参照。
(11) 『母型論』思潮社 二〇〇四年 一一～二頁 〔 〕内筆者
(12) 『ハイ・イメージ論』Ⅰ・Ⅱ・Ⅲ 福武書店 一九八九～九四年 ちくま学芸文庫 二〇〇三年
(13) 『戦後詩史論』(大和書房 一九七八年)、『詩学叙説』(思潮社 二〇〇六年)、『詩とはなにか』(同)、『初期歌謡論』(河出書房新社 一九七七年、ちくま学芸文庫 一九九四年) 参照

(2) 「対幻想」のゆくえ

『共同幻想論』以降、一九七〇年代から八〇年代にかけて、吉本は日本社会が本格的な消費資本主義段階へと到達したことに世界認識上の重要な指標を見ようとしていた。というのもそのことは吉本にとって、「関係の絶対性」の構造が新たな共同幻想の段階の出現とともに大きな変容を示し始めたことを意味していたからである。この共同幻想の新たな段階が、前項でも触れた国家としての共同幻想の「彼岸」に現われる共同幻想の登場を意味していることはいうまでもない。

この共同幻想の第三段階の出現というべき事態にはいくつかの特徴、特性が存在する。吉本がまず注目するのは一九七〇年にキリンがはじめて水(ミネラルウォーター)を商品化したことだった。[14]さらには第一次・第二次産業人口を、サービスや流通部門にたずさわる第三時産業人口が上まわっ

たことも重要な指標のひとつだった。それらは吉本にとって古典的な資本主義の枠組みの解体の指標となると同時に、国家の幻想的な共同性と市民社会（資本主義社会）の非幻想性が「逆立」関係にあるという『共同幻想論』の認識にある種の修正を迫る契機ともなっていった。それが凝縮された形で現われるのが「対幻想」の問題だった。

すでに述べたように吉本の思想的感性のなかには、『初期ノート』のなかにある、「……生れ、婚姻し、子を生み、育て、老いた無数のひとたちを畏れよう、あのひとたちの貧しい食卓。暗い信仰。生活や嫉妬やの諍い、呑気な息子の鼻歌……。そんな夕ぐれにどうか幸ひがあってくれるように……　それから学者やおあつらえむきの芸術家や賑やかで饒舌な権威者たち。どうかこんな寂やかな夕ぐれだけは君達の胸くその悪いお喋言をやめてくれるように……」[15]という言葉に示されているような「家」ないしは「家族」への強い執着が一貫して存在する。そして吉本にとっては「家」「家族」はそのまま大衆の存在の原基としての意味を持っている。「家」「家族」への執着は吉本の原感性の土台といってもよいものだった。この文章には、暗く峻烈な思考の岐路が折り重なっている敗戦期の『初期ノート』のなかでは珍しく、そうした吉本の原感性の形が素直に表現されていて伸びやかな印象を与える。そして引用の後半にあるように、そうした「家」「家族」への執着はそのまま知識人や権威者の観念性への強い嫌悪と表裏一体となっていく。それは、観念の自然過程をたどりながら共同幻想へと行き着く知識人たちのあり方への嫌悪に他ならない。逆に言えばそうした過程を徹底的に相対化するものが「家」「家族」に他ならなかったのである。それは、「家」「家族」がいかなる上位にある共同幻想の容喙も許さない、許してはならない固有な領域であることを意味している。

『共同幻想論』においてこうした「家」「家族」の固有性が「対幻想」領域として理論化されたことはいうまでもない。だがそうした対幻想の固有性は、前項で見たように新たな共同幻想の「彼岸」の出現のなかで大きく揺らいでいく。その揺らぎは国家としての共同幻想の水準への入射角としての対幻想の位置の揺らぎとしても現われる。そしてこのとき問われるのが、国家としての共同幻想からその「彼岸」にある新たな共同幻想（像＝イメージとしての世界）への出射角において、対幻想がどのような変容を蒙ったかという問題である。

この問題はとりあえず「家」「家族」の変容の問題として捉えることが出来るだろう。だが同時にそれは、対幻想がはらんでいたセクシュアリティの変容の問題としても捉え返されなければならない。その手がかりを与えてくれるのが『対幻想―n個の性をめぐって[16]』である。

吉本が『共同幻想論』において対幻想をめぐって提起した主要な認識は基本的に四つあったと思われる。まず第一に、対幻想をめぐるもっとも大きな枠組みでの前提となる、対幻想は夫婦関係を起点とし、兄弟姉妹関係を通して拡大するという認識である。そこには前氏族的共同体における内婚制から外婚制への移行が伴なっている。そしてこの移行の過程を促したのが「近親相姦の禁止」という規範の成立であった。そこには何度も述べたように対幻想と共同幻想の非連続的な継ぎ目・転回点が刻印されている。さて第二および第三の認識は、第一の認識から導かれるペアになった認識といえるだろう。このペアの認識を精確に理解するためには、『共同幻想論』にある次のようなテーゼをあらためて踏まえておく必要がある。「あらゆる排除をほどこしたあとで〈性的〉対象を自己幻想にえらぶか、共同幻想にえらぶものをさして〈女性〉の本質とよぶ[17]」。

この「女性」が「〈性的〉対象」を選ぶ過程は、「女性」が上で述べた兄弟姉妹関係にまで拡張された対幻想のリミットの外部へ出る過程を意味する。そこでの外部への出方が「自己幻想」を選択するか、「共同幻想」を選択するかに分かれるのであり、かつその選択の結果として対幻想とその外部の関係のふたつの次元が成立するのである。先に共同幻想を選択するほうを見ておこう。女性が共同幻想を選択する形で対幻想のリミットの外へ出ることとは、その女性が共同幻想の内部で聖なる存在となることを意味する。極めて単純化していえばその女性は共同幻想そのものを婚姻の対象に選択したのである。吉本はそうした女性を『共同幻想論』のなかで「巫女」と呼んだ。すなわち「神」と結婚した「神の嫁」(折口信夫)としての「聖なる女」である。この場合「神」は共同体が内包している共同幻想の水準の物神化された形を意味する。そしてこの「神」と結婚する女は、初期王権の段階では「姉」として現われる。この「姉」は、神の代理であると同時に神そのものとして共同体の上に聖なる権威として君臨する。そして共同体の実際の政治的統治はその「弟」が担うのである。その象徴が神々の世界である高天原に君臨する「姉」アマテラスと、神々の世界を追放されて地上的世界の象徴である出雲へ赴きそこでこの国の始祖となった「弟」スサノオであることはいうまでもない。すでに触れたように日本ではこの遺制が斎宮制という形で長く存続することになる。そこでは、対幻想の兄弟姉妹関係への拡張過程が、そのまま巧みに女性を対幻想の外部へ出す過程および国家段階に達した共同幻想の成立過程と重ねあわされる。

その一方で「自己幻想」を選択することとは、女性が自分の出自である対幻想の外部に出て、外婚を通して新たな対幻想の単位を構成することを意味する。ここで成立する対幻想は、もはや起源としての共同幻想の段階のような同調・浸蝕の関係を共同幻想に対して持たない。対幻想の領域が共同幻想に対して独立した固有な領域として確立されるのである。とりあえずいえばここで女性はそうした対幻想の単位の「原－母 Urmutter」になると考えてよいだろう。そしてこの「原－母」を核として「家」「家族」という単位が出来あがるのである。以上が第二および第三の認識である。そして最後の第四の認識は、先ほど掲げたテーゼにもあるように自己幻想および共同幻想を選択する過程が、そのまま「女性」というジェンダーの形成される過程でもあるという認識である。この女性のジェンダー形成は必然的に男性というジェンダーの形成を促す。男は、エディプス段階におけるイマーゴとしての「父」を通して「母」との対幻想関係から離脱することによって「男性」になる。そして対幻想の外部へと出た女性との出会い、対幻想（性的）関係を通してはじめて自立した男性というジェンダーが完成するのである。

以上が『共同幻想論』から抽き出すことのできる対幻想をめぐる主要な認識である。では、国家としての共同幻想の「彼岸」にさらに共同幻想の第三段階が設定され、そこにおいて幻想性の構造的秩序の弛緩と融解が生じ始めたとき、対幻想はどのような変容を迫られるのであろうか。

そこにはさまざまな要素が複雑にからみあったカオス的な状況が生まれる。いちばん基本となる現象は、「家」「家族」の解体である。共同幻想の弛緩と融解はそれとの対抗関係にある対幻想の弛緩と融解をも生み出す。それは「姉＝母」が対幻想の枠組みからゆるやかに離脱し始めることとして現われる。そしてこの過程は同時に、「聖なる女」の遺制として残っていたあらゆる女性の神聖さ、神秘性、純潔といった性格の解体過程としても現われる。いわゆる「妹《いも》の力」(柳田國男)の解体である。「姉＝母」であることから離脱し、神聖さも失っていった女性は、いわばむき出しのジェンダー＝セクシュアリティとしての「女」に還元される。だが女性たちはかえってそれを逆手にとりながら、一個の「女」として社会に向かって露出していく。「家のかまどを守護する女」は「社会に出て働く女」となっていくのである。これがフェミニズムの登場と軌を一にしていることはいうまでもない。

このとき重要な役割を果たすのがセクシュアリティの脱規範化の問題である。それは今述べた過程の結果であると同時に要因ともなる。そこにはいくつかの要素が関与している。まず共同幻想の弛緩と融解に伴なってセクシュアリティをめぐるタブーが大幅に緩和されていったことがある。いわゆる「性の解放」という事態である。そのひとつの指標となったのが一九六七年のデンマークにおけるポルノグラフィーの解禁であった。その後ポルノ＝セックス産業はまたたくまに世界中を席巻していく。そうしたなかで「家」「家族」から離脱を開始した「姉＝母」たちは、あるいはその予備軍である「妹＝娘」たちは、自らのセクシュアリティをこのタブーが解禁された世界にむかって大胆に露出させることによって「女」となっていく。とりあえず年齢の問題を度外視していえば、この「女」は上野千鶴子のいう「セクシー・ギャル」ということになろう[18]。身体において、化粧において、ファッションにおいて、さらには行動において「セクシー」であることが「女」であることの基本的与件となっていく。

そこにはさらに「家」「家族」をめぐるいくつかの外的、内的条件が相関している。まず外的には「母」であることと「女」であることのずれ・矛盾のもっとも集中する領域である「家事労働」の問題である。そこからの離脱、これもまた上野の言葉を借りれば「性差役割分業」の拒否が「母」と「女」を分かつ重要な分水嶺となる。さらに内的な、そしてより本質的な意味での「女」の定義の問題がある。フロイトによれば、「女性」が「女性」として性的に定義されるのは「去勢コンプレックス」によってであった。すなわち男子と違ってペニスを持たない欠如体であることを自覚することによって「女性」は自分が「女性」であることをアイデンティファイし、その結果次第に自らの性的リビドーの対象を、潜在的には男子のペニスと同じ器官であるクリトリスから女性に固有なヴァギナへと移動させていく。そこにはたんに性的快感を感じる局所がクリトリスからヴァギナへと移るというだけでなく、ヴァギナが同時に出産の際の産道であることに示されているように「産む性」としての「女性」という定義が明らかに含まれている。いずれにせよこの過程がフロイト的にいえば「女性」を形成する過程となる。[19]

これに対してポルノ解禁後のセクシュアリティの露出状況とも相関する「女性」たちの性的タブーからの解放の流れのなかで、一部のフェミニストたちのあいだから「ヴァギナ・セックスからクリトリス・セックスへ」という主張が行われるようになる。これは明確にフロイトの「去勢コンプレックス」の否定を意味している。そこからは、男性のペニスの挿入を受けなければ成立しない「ヴァギナ・セックス」の受動性から、とくにマスターベーションにおいて自ら性的快感を自由にコントロールできる「クリトリス・セックス」の能動的自己決定性へと移行することで、「女性」の性的決定権を「男性」から奪い取るとともに、「女性」の「産む性」としての定義づけをも拒否するという発想がうかがえる。このことは「母＝女性」というジェンダーのあり方が「女」というジェンダー＝セクシュアリティへと転換するひとつの指標となる[20]。

ところで外形的に見るならば、こうした「ヴァギナ・セックス」から「クリトリス・セックス」への移行に重要なファクターとして、男性との性行為から自分だけでのマスターベーションへの移行という要素が含まれることは、その先に「クリトリス・セックス」のさらに発展・進化した形態としてクリトリスでの性的快感をより得やすい「女」どうしの性行為である「レズビアン・セックス」が登場することを予想させる。さらにいえばこの女性によるセックスからの男性排除には、「母」との第一次ナルシシズム段階での一体化を失いたくないため、「父」というイマーゴを媒介にしながら「母」からの離脱を果たし「女性」を性的対象として選択するようになるという過程を拒否しようとする「男」のセクシュアリティが対応する。これもまた幻想性の構造的秩序の揺らぎが相関していると考えられる。この「男」のセクシュアリティは具体的には「女性」を拒否し同性と性行為を行う「ゲイ・セックス」として現われる。おそらく第一次ナルシシズムへの固着によるヘテロ・セクシュアルな対幻想の拒否という点でレズビアンとゲイは同形的である。そしてこうした過程はふたたびフロイトにならっていえば幼児性欲における「多形倒錯」を想起させる。異性間のへテロ・セックスだけでなくマスターベーション、レズビアン・ゲイというホモ・セックスへと外延を広げていくセクシュアリティの多様化は、明らかに古典的な意味における「男性」「女性」という性差の秩序を無効化するものであるといってよい。そしてそれは吉本が『共同幻想論』で定義したような対幻想の固有性としての「家」「家族」の解体＝無効化にもつながっていく。ポルノ＝

セックス産業の世界において、「正常な」ヘテロ・セックスだけでなく、レズビアン、ゲイ、ニューハーフ、サド＝マゾヒズム、児童ポルノ、児童買春などの「多形倒錯」的な性現象が横溢している現実は、まさにそのことを象徴している。ただこの過程は物理的な意味での「多形倒錯」の発生だけにとどまらないより本質的な問題をも含んでいる。それは、フロイトが「オイディプス・コンプレクス」として定義づけようとした主体や自我の発生機構の解体・溶解という問題である。いわゆる主体や自我の「アイデンティティ」そのものの解体が「多形倒錯」の発生とともに進行するのである。

そうした事態にもっとも本質的かつラディカルに対応しているのが、ドゥルーズ＝ガタリの『アンチ・オイディプス』に出てくる「n個の性」という概念である。この概念は明らかにこうした「多形倒錯」的なセクシュアリティの状況を踏まえて出てきたものだった。「またこれらの多くの女たちがこれらの多くの男たちと、相互に入り乱れ結びついて、種々に欲望生産の関係の中に入るといったことが実現することになる。これらの欲望生産の関係は、まさに男女両性の統計学的秩序を動転させるものである。愛をかわすことは、一体となることでもなければ、二人になることでさえもない。そうではなくて、何千何万となることなのだ。ここに存在しているのが、まさに欲望する諸機械であり、非人間的なる性なのである。ひとつの性が存在するのでもなければ二つの性が存在するのでさえもない。そうではなくて、n……個の性が存在するのだ。分裂者分析は、ひとりの主体の中におけるn……個の性をさまざまに分析するものなのである。社会はこの主体に対して、性欲を人間の形態で捉える表象を押しつけ、またこの主体自身も自分自身の性欲についてこうした表象を自分に与えるのであるが、分裂分析は、こうした人間の形態で捉える表象を超えるものなのである。欲望する革命の分裂者分析の定式は、〈いくつもの性を各人に〉ということになるであろう」[21]。

ここには幻想性の構造的秩序の揺らぎのなかで、セクシュアリティも、その背後にあるジェンダーも、そしてより普遍的な意味での主体もすべて解体と変容にさらされるスキゾフレニックな状況が描き出されている。そして対幻想の領域も今までみてきたような諸現象とともに大きく変容を迫られることになる。この「n個の性」が、いわば共同幻想の第三段階への継ぎ目における対幻想の出射角であるといえよう。

ではこの状況に対して吉本は『対幻想』のなかでどのように対応しようとしているのか。私の印象ではここで吉本は極めて抑制的である。すなわち共同幻想の第三段階の登場によって生じた対幻想の激烈ともいうべき変容を前にして、吉本が示しているのは、この変容のうち自然過程に属している要素は基本的には成り行きに任せるしかないという認識である。フェミニストたちやイヴァン・イリイチに見られるような、この自然過程を無理やり人工的に変えようとする発想は基本的に否定される。経済力の向上、家事労働を代行する技術の発達、性差役割分業の否定等々を、吉本は消費資本主義段階へと入った高度資本主義社会の自然過程として基本的に肯定する。外形的形態のレヴェルにおける「家」「家族」の変容と解体にしても基本的にはやむをえないこととして認める。

ただ一点だけ吉本が強く執着するのは、胎児段階から生後六ヶ月までの乳幼児期における「母」との接触の重要性である。理論的にはフロイトの幼児期における精神的トラウマに関する理論に依拠していると思われるが、それにしてもその強調は異様ともいえるほどである。「問題なのは、受胎して、妊娠している胎児の期間と授乳する期間ということで、その期間における女性と乳胎児との接触の仕方が十全だったらば、それ以後の段階で、育児を社会的に負担しようが、男が代わりをつとめようが、そのことはさしたる心理的・精神的な影響を与えないだろうとおもうんです。乳胎児期さえ接触が十全ならば、精神の成長過程においてそれが問題になるということは、少なくとも傷になるということはないと思います。しかしいずれにしても、女性が社会的な労働の場面にだんだん進出していって、その半分を占めたときには、理論的にいって、育児ということの半分は男性がやっていることになりそうな気がします。ひとりでにそういうふうになるだろうから、ぼくは、そこは、あまり問題がないようにおもいます[22]」。

胎児期への着目には、明らかに形態学者三木成夫の仕事からの影響が現れている。そしてその影響は、人間をその起源に遡ってより動物的なものとの境界に近い内臓系・植物系の領域や感覚から捉えようとする発想につながっていく。これは明らかに人類の歴史における「アフリカ的なもの」の段階に対応する。胎児期はいわば系統発生に属する「アフリカ的なもの」の段階を個体発生において反復する過程に他ならないのである。と同時に、すでに触れたように「アフリカ的なもの」の段階は、たんに前近代的な段階だけでなく、むしろ共同幻想の第三段階に対応する超近代と通底・融合しながら歴史的には近代に属している「現在」を包囲し相対化する契機としてある。その核心をなすのが胎児期と「アフリカ的なもの」の段階をつなぐ内臓的・植物的な感覚である。それはもっとも原生的な感覚である触覚として現われる。それが像＝イメージの世界と結びついていく。それは吉本にとって対幻想がなお思想的担保でありうるとすれば、こうした胎児段階での母子接触において可能となる第一次ナルシズムに似た対幻想のあり方において可能となる前近代と超近代の融合とそれがもたらす触覚的なイメージの世界になるのではないだろうか。それは片方の極で起源としての共同幻想のさらに「此岸」にある乳胎児期の内臓的・植物的なものと「母」との接触に根ざし、もう片方の極ではn個化する性の世界や「セクシー」を露出させる「女」たちのセクシュアリティの世界の背後に潜む像=イメージ化する共同幻想の「彼岸」と接している。それはいわば極限まで切り縮められた対幻想の世界といってもよい。おそらくそこでは実体的な意味での「家」「家族」はもはや存在しえない。逆にいえば、外形的な「家」「家族」を犠牲にしてでも吉本が固執し続けようとした対幻想の形はそうしたものだったということになる。七〇年代以降の消費資本主義への変容のなかで、吉本の対幻想の世界はついにそこへと到達したのだった。その切り縮められた対幻想の世界の外側に茫漠として広がるのが、国家としての共同幻想の「彼岸」としての共同幻想の第三段階の世界であることはいうまでもない。

(14) ロングインタビュー「肯定と疎外」『現代思想』臨時増刊「吉本隆明」参照
(15) 『初期ノート』二九頁
(16) 『対幻想―n個の性をめぐって』(聞き手・芹沢俊介)春秋社 一九八五年 新装増補版 一九九四年
(17) 『共同幻想論』一〇三頁
(18) 上野千鶴子『セクシー・ギャルの大研究』カッパブックス 光文社 一九八二年
(19) フロイト『続精神分析入門』(懸田克躬・高橋義孝訳)『フロイト著作集』第一巻所収 人文書院 一九七一年参照
(20) リュス・イリガライ『ひとつでない女の性』(棚沢直子他訳)勁草書房 一九八七年参照

(21)『アンチ・オイディプス』三五一頁
(22)『対幻想』七一頁

しめくくりに代えて——吉本隆明と竹内好——

吉本隆明は戦後日本の生んだ際立って個性的な風貌を備えた思想家である。本書は、その個性的な風貌がなぜ、またどのように形成されていったのかを、彼の思想的軌跡をたどりながら明らかにしようとするものだった。そしてそれによって吉本の個性的な風貌の源泉にあるものが明らかになるとき、同時に吉本の思想家としての位置づけもまた明らかになるはずである。最後にこの位置づけをめぐってまとめておきたい。

＊

思想家としての吉本の個性的風貌は、まずなによりも彼の思想が自分自身の経験に深く根ざしていることから生まれたといってよい。吉本には多くの講演集や対談集があるが、こうした話し言葉を原稿にする際にはふつう大幅な加筆訂正が行われる。私自身もそうするのがつねだった。だが吉本はここでも独特な原則を自分に課そうとする。それは、実際にしゃべった内容以外の加筆は行わないという原則である。この原則は実際にしゃべったことという経験の内容から言葉が離れてはならないという吉本の姿勢の現われといってよい。

日本の思想はかつての中国からの輸入学問である仏教や儒教、そして近代以降移入された西欧の学問・思想というように、つねにそのモデルを日本以外の学問体系や思想体系に求めてきた。それは、日本の思想がつねに自らのモデルを、自分の起源の場所である経験から離れて抽象化された概念や理論に求めようとしたことを意味している。したがってその体系が精緻になればなるほど経験から遊離し、自らの生成の起源から遠ざかっていく傾向を持っている。しかもそれはたんに客観的な意味で自らの経験を離れ、自らの起源から遠ざかるというだけではなく、その思想の含む論理や思考過程、概念形成など諸要素の根本的な座標軸が自らの経験ではなく、その思想にとって本来外在的なものであるはずの移入学問体系や思想体系というモデルの側に置かれるということをもそれは意味している。したがってこうした思想はつねにそのもっとも基礎的な思考への衝動や促しにおいてすら受動的であらざるをえなくなる。自らの経験ではなくモデルの側にある座標軸から規定されて受動的な形で自らの思想を形づくっていかざるをえないからである。モティーフ、問題意識、志向性、概念規定、論理構成などに至るまでそうなっていく。その結果、たとえばその思想がどんなに日本の具体的な問題を対象にしていても、そしてそれに対する詳細な分析や考察が行われても、そこに働いている思考過程は、あたかも外側から日本を眺め観察しているかのような印象を与えることになる。丸山眞男の『日本政治思想史研究』(東京大学出版会 一九五二年)や『日本の思想』(岩波新書 一九六一年)は、日本思想史研究の歴史のなかで画期的ともいえる優れた成果であるが、それすらもがヘーゲル歴史哲学などの外在的な座標軸によって丸山の思考が受動的に規定されて動いているという印象を否定し去ることはできない。

吉本に戻ろう。吉本はこうした自分の経験の外にある思想の座標軸を徹底的に拒否する。言い換えれば、自らの経験から発したもの、自らの経験を構成する要素となっているもの以外のものに依拠することを拒否するのである。いうまでもないことだがそれは、吉本が「実感信仰」にとらわれていることを意味するわけではない。それどころか吉本の思考パターンは十分に概念的であり、ときには過度と思われるほどに思弁的・抽象的ですらある。さらにつけ加えれば、吉本は自らの思想を形づくるのにあたって諸外国の学問や思想の成果を取り入れることにも貪欲であった。たしかにその大部分が翻訳を通した受容であるにしても、である。

ここで一言つけ加えておけば、翻訳を使ったらそれだけで概念や論理の正確さに疑いが持たれるというわが国の外国思想・文学研究に特有な伝統は、それ自体が先ほど指摘した受動性、より端的にいえば「奴隷根性」の現われに他ならない。たとえば、英語やフランス語、ドイツ語くらいならまだよいとしても、そうした外国思想・文学研究の徒がごく日常的に口にするプラトンやアリストテレスの場合どうだろうか。彼らのうちのどれくらいの人間がプラトンやアリストテレスをギリシア語で読んでいるのだろうか。聖書だってそうである。聖書はヘブライ語、せめて原義に最も近い七十人訳のギリシア語で読まねばならないとしたらいったいどれほどの人間が聖書を「読んだ」ことになるのだろうか。逆にいってもよい。私たちが米川正夫の訳でドストエフスキーを読んだり小林秀雄の訳でランボーを読んだりしたときに覚える感動や衝撃は翻訳ゆえににせものに過ぎないとでもいうのだろうか。それではドストエフスキーやランボーを読んだことにならないのだろうか。こうした、よく考えればすぐに正体のばれる虚構はいいかげんにやめたほうがよいのだ。

吉本が独特なのは、思考過程においても、外国の諸成果の取り入れにおいてもつねに座標軸が自分自身の経験に置かれていることである。かつて英文学者の由良君美が吉本を「本地垂迹」型思想家と侮蔑を込めて呼んだことがあったが、わたしにはそれはむしろ自らの経験を決して離れようとしない吉本への賛美に聞こえるのである。自らの手で座標軸を設定し、問題を見定め、必要な方法や概念、用語を自分でこしらえ、それを使って思考をつむぎ論理を編み出していくという吉本の思想家としての姿勢にこそ、吉本の際立って個性的な風貌の秘密が隠されているといってよい。

＊

このことは、吉本が自らの思想家としての主体の位置をいかなる先験性のうちにも置かなかったということを同時に意味する。わが国では「知識人」という主体の立場は必ずといってよいほどなんらかの先験性を帯びてきた。それはより具体的にいえば、個々の経験による判断や論証を拒むイデオロギー的性格を持った立場、つまり党派性の立場を帯びるということである。曰く「進歩派」、曰く「保守派」、曰く「アヴァンギャルド」、曰く「サブカル派」云々、というように、である。これらの立場は経験による裏づけを欠いているため、いくらでも変化しうるし、次々に消費されては消えていくうたかたのようなものに過ぎない。そして少しでもそこに倫理的なものを求めようとすれば「信仰」に陥っていく。このようなものが思想の主体的位置になりえようはずもないのだが、不思議なことにわが国ではそれが思想の主体性であるとずっと信じられてきた。それは、「主体的唯物論」の代表ともいうべき梅本克己を見れば明らかであろう。彼の主体性は結局最終的には西田幾多郎や親鸞に由来する「信仰」に回収されざるをえないものだった。革マル派という「宗派」の存在に自らの思想的主体性の根拠を求めた黒田寛一にしても同様である。あの反乱の季節にいやになるほど呼号された主体性という言葉が根拠なき主観的な決意や自虐的ともいえる攻撃衝動の代名詞に過ぎなかったことは、小林敏明の『〈主体〉のゆくえ』（講談社選書メチエ 二〇一〇年）を読めば明らかである。

吉本の思想家としての主体の位置はつねに自らの経験に置かれてきた。これはわが国の思想のあり方としてみた場合、稀有なことといえる。自らの経験を座標軸とする主体による自前の思想というごく当たり前のあり方が、学問・思想が外国からの移入によって誕生したこの国ではもっとも困難なことに属しているからである。明治以来の日本思想の歴史のなかで考えてみても、こうした自らの経験のうちに座標軸を置く思想家というのは吉本を除けばほとんど見当たらない。しいて名前をあげれば、西田幾多郎、清沢満之、竹内好、廣松渉の四人くらいだろうか。吉本はそうした意味で稀有な思想家ということができる。

＊

ここで吉本の座標軸としての経験の中身について確認しておこう。吉本の座標軸の根源を形づくっているのはアジア・太平洋戦争の経験である。一九二四年に生まれた吉本にとって、一九三一年から四五年まで続いた戦争の時代は思春期から成年期にかけての全時期と重なっている。つまり吉本は戦争という環境のなかで成長し、人格形成し、思考や知識を身につけていった世代、いわゆる「戦中派」世代に属しているのである。「戦中派」世代にとって戦争の現実は彼らの人生のとば口における全経験の振幅と重なっている。彼らは戦争のなかで感じ、考え、決断していったのだった。そうした「戦中派」の直接的な経験のあり様は、吉本とほぼ同い年（一九二三年生まれ）だった吉田満の『戦艦大和ノ最後』（講談社文芸文庫 一九九四年）や『戦中派の死生観』（文春文庫 一九八〇年）にもっとも典型的な形で表現されている。

しかしその「戦中派」の世代のなかでも、その経験を徹底的に論理化し思想化しえたのは吉本ただひとりであったといってよい。他には僅かに橋川文三と上山春平が思い浮かぶくらいである（『日本浪漫派批判序説』未來社　一九六〇年、上山春平『大東亜戦争の意味　現代史分析の視点』中央公論社　一九六四年）。吉本は戦争の経験からえたものを、それを引き起こした天皇制国家を含む全歴史過程の原理的、総体的な認識にまで深めていった。しかもそれをあくまで自らの経験の具体的内容を座標軸とする形で、言い換えればいかなる外在的な分析視角や方法の助けも借りずに遂行したのである。これは戦後日本思想の歴史における驚くべき成果といわねばならない。

ただこのことの裏面についても触れておかねばならないだろう。吉本の戦争認識はあくまで自己の経験を座標軸とする形で行われた。したがって論理化された次元における普遍性は持っていても、その起源となる経験の幅、射程としては、吉本自身が実際に経験しえた範囲を超えることはできない。このことは吉本の戦争認識から、アジア・太平洋戦争の真の被害者・犠牲者であるアジアの民衆の存在が抜け落ちているという重大な問題につながる。吉本にとって戦争の死者はあくまで日本の兵士であり民衆だった。このときつきあたるのは、近年のアジア・太平洋戦争研究やそれに先立つ時期の思想史的研究の進捗のなかで提示されつつある見方の問題である。すなわち、日本一国の単位だけであの戦争およびその背後にある昭和超国家主義や国民総動員体制の問題を捉えるのではなく、海軍の一部が考えていたカール・シュミットを想起させる「広域ブロック国家」の構想や昭和研究会の「東亜協同体」論（三木清）、「満州国」など、当時の全体主義ブロック・自由主義ブロック・ソ連社会主義国家という三極間の世界覇権をめぐる抗争と明らかにリンクするような脱一国的な動きも含めて、よりトランスナショナルな形であの戦争を捉えていかなければならないという視点に、吉本の戦争認識が届きえないという問題である（たとえば石井知章・小林英夫・米谷匡史編著『一九三〇年代のアジア社会論「東亜協同体」論を中心とする言説空間の諸相』御茶の水書房二〇一〇年参照）。その裏側に、アジア地域におけるそうした「トランスナショナル」なアジア侵略戦争としてのアジア・太平洋戦争の膨大な犠牲者が存在することはいうまでもない。

たしかにこうした視点に吉本の戦争認識はほとんど対応しえないのは事実である。しかしこれは、吉本の戦争認識があくまで自己の経験という座標軸を離れることなく戦争を論理化し思想化して行ったことと表裏一体の関係にある「弱点」である。そうである以上は、後知恵をもって軽々に批判できるものではないことも銘記しておかねばならないだろう。

＊

この問題と関連して、吉本の思想の持つ「一国性」の問題にも言及しておきたい。自らの経験を座標軸とする以上、吉本のアジア・太平洋戦争の認識が一国的な性格を帯びるのは必然的である。したがってそれはそのままではなんら吉本の思想的欠陥にはならない。もし問おうとするならば、吉本が自らの経験に基づいて立てた「一国的」な座礁軸とは異なる「トランスナショナル」な形での思想的座標軸が、あの戦争の時期にあくまで自らの経験に根ざした形で、そこを離れることなく立てられえたかを問うべきなのである。結論からいえばたいへん難しかったと思わざるをえない。なぜなら当時の日本には本質的な意味での亡命者がほとんどいなかったからである。つまりこのような「トランスナショナル」な座標軸は、なんらかの形で日本から離れてどこか別な国や場所に移動する「亡命」を抜きにしては成り立ちえないはずだということである。ただしかりに亡命者が存在したとしてもそれだけではなお不十分である。亡命を内在的に思想化しうる視点なしには「トランスナショナル」な座標軸は生まれ得ないからである。ソ連から延安へという「亡命生活」を送った野坂参三たち共産党のメンバーにそのような座標軸を望むべくもなかったことは明らかである。では何が必要なのか。それは、「あいだに立つこと」である。「あいだに立つこと」を思想的座標軸とすることである。とくに戦争における「敵」と「味方」の「あいだに立つこと」が重要である。それによって「一国的」なものを真の意味で相対化しうる、どこにも帰属しない自由な単独者としての主体の位置がはじめて可能となるのである。そして暴力と殺戮がうずまく戦争において「敵」と「味方」のはざまで、匿名の死、ぼろくずのような死を強いられる無辜の民衆の悲しみや怒りが真の意味で映し出されるのは、この自由な単独者という主体において可能となる「トランスナショナル」な座標軸上をおいてはありえないはずである。あるいはそうした民衆のなかから生まれる真に主体的な変革の展望も。

ここで私はまたしても竹内好のことを想い起こす。竹内はむろん亡命したわけではない。だが中国文学研究者である自分の半身ともいうべき中国と「敵」「味方」となって戦う立場となった竹内は、少なくとも精神的には日本と中国の「あいだ」に立たざるを得なかったのだった。このことが起源となる形で戦後の竹内の中国から日本を見、日本から中国を見るという複眼的な視点に立った特異なアジア論が展開されることになる。それは、魯迅の強靭な文学精神とそこに投影された中国民衆像から、またさらには毛沢東の農民革命論から日本革命の主体としてのあるべき「国民」像を析出し、対中戦争から対米英戦争への転回点、言い換えればふたつの戦争のはざまから日本の真の意味でのアジアへの連帯の可能性を見出すという形で展開されることになる（『魯迅』日本評論社　一九四四年　講談社文芸文庫　一九九四年、「近代の超克」河上徹太郎他『近代の超克』所収　冨山房百科文庫　一九七九年、「方法としてのアジア」『竹内好セレクション』Ⅱ所収　日本経済評論社　二〇〇六年を参照）。竹内は、中国と日本というふたつの凹凸を含んだ鏡面どうしの屈折した相互照射のなかから、アジアと日本における自立と解放の主体のあり方を見出そうとした。率直にいってこうした竹内の立場は極めて分かりにくい。しかしその分かりにくさが、竹内が自らの戦争経験を通して「トランスナショナル」な座標軸の上に戦後の思想を構築しなければならなかったせいだと考えればふに落ちる。こうした立場は、戦後日本の思想のなかで竹内ただひとりが取り得たやはり極めて稀有な立場だったといってよい。こうした竹内の立場とかろうじて比較可能なのは、ソ連での抑留体験をばねに戦後文学・思想の世界で独特な地歩をしめていった長谷川四郎、石原吉郎、内村剛介くらいであろう。そしておそらくこの竹内の「トランスナショナル」な座標軸の立て方だけが吉本の「一国性」を補完しうるのである。理論的な「欠陥」という次元をいくらついてもそれは本質的な意味で吉本にとっては無関係だからである。

＊

ここで吉本の世界思想の中での位置について見ておきたいと思う。すでに触れたように吉本の思想は「一国的」である。だとするなら吉本の思想を世界思想と関連づけて問うことは無意味だという見方もあるだろう。だが「一国的」な思想がそれ自体として世界思想としての普遍性を獲得することはほんとうに不可能なことなのだろうか。

すでに言及したようにわが国のインターナショナルな——「トランスナショナル」ではない——学問・思想において、インターナショナルである根拠は、たんに自分の経験の外部にある外国の学問・思想体系にモデルを求めたという事実のうちにしかない。したがってこうしたインターナショナリズムは外在的なモデルや基準に対する受動性、つまり「奴隷根性」の裏返しにすぎない。そうした態度は外国の優れた思想や文学を積極的に受容し自らの糧とすることとはなんの関係もない。問題は依然として座標軸をどこに置くかというところにある。そして吉本の立場は一貫してナショナルなものこそ真にインターナショナルであるという認識に貫かれていた。

ただこれと関連して一九七〇年代から八〇年代にかけておきた吉本の思想的変化についてもあらためて見ておく必要があるだろう。この時期に起きた吉本の思想的変化には内的な面と外的な面とのそれぞれで起きた変化が対応している。そしてこの変化の結果として吉本の思想はあるレヴェルにおいて世界思想の水準のなかへと組み入れられたのだった。

内的な面で起きた変化とは、すでに触れたように吉本がフランスを中心とする現代の世界思想と、日本一国のなかだけで形成された自らの思想との対質化に乗り出したという事実に現われている。すでに長く親しんできた世界思想であるマルクス、ヘーゲル、フロイトに加えて、フーコー、バタイユ、ブランショ、バシュラール、レリス、ジュネ、さらにはメルロー＝ポンティ、ヴェイユ、フッサール、ハイデガーらとの対質化がそこでは行われている。直接的な動機となったのはおそらく、六八年に完成した『共同幻想論』の思想的射程がどの程度のものかをそうした対質化を通して確かめたいという欲求だったと思われる。こうした対質化の最初のまとまった成果である『書物の解体学』の議論をみていくと、バタイユにおける「近親相姦」、ブランショにおける「死」、レリスにおける「憑依者」等々、そこで扱われている主題はほとんどがなんらかの形で『共同幻想論』の主題と関連しているからである。またメルロー＝ポンティやフッサールといった現象学者たちとは、当時書き継がれつつあった『心的現象論』との関わりのなかで、その思想的対質化が行われたと考えることができる。

ではこの欲求はどこから出てきたのだろうか。『共同幻想論』や『心的現象論』への自負とともに、自分も世界思想の布置のなかでひとかどの存在でありたいという欲求が吉本のなかに芽生えたのだろうか。率直にいって心理的な次元でそうした要素がまったくなかったとはいえないと思う。だが本質的な問題がそこにあるわけではないことはいうまでもない。

おそらくそこにもうひとつの外的な面での変化の問題が関わってくる。それは、日本社会が本格的に消費資本主義段階へと入っていったという問題である。この変化は吉本にとって、ナショナルな固有性の契機をまるでブルドーザーで地ならしして均質化していくような世界資本主義の普遍的な力の現われとして認識された。つまり吉本が依拠してきた「一国性」が事実上その根拠を失う状況に入ってきたということである。とするならば経験の座標軸が、そうした「一国的」な場から、世界資本主義の普遍的な力が稼動する場へと移動していくことは必然的な成り行きといわねばならない。この世界性に向けた経験の座標軸の移動の要請こそが吉本の世界思想との対質化への欲求のほんとうの理由である。それを象徴しているのが、『ハイ・イメージ論』に登場する大阪・大和地方を「ランドサット」衛星から撮影した俯瞰図であった。そこでは、初期ヤマト国家形成から現代へといたる千年を越えた歴史的時間の凹凸が一瞬にして世界視線のもとで像＝イメージとして共時化され均質化されてしまっている。それは『共同幻想論』の論理を支えていた歴史的経験を事実上無化してしまうような視線であり力であるといってよい。

ここから少なくとも吉本の内的な動機づけの次元での、自らの思想を世界思想しようとする道が始まったといってよい。つまり経験の座標軸が「一国的」な場からランドサットからの俯瞰図（世界視線）に象徴される世界性そのものへと移動し始めたのである。そうした移動によって吉本の思想が客観的な意味でも世界思想に妥当しうるものとなったかどうかは率直にいってよくわからない。たとえば世界思想の客観的な要件として、それがトランスナショナルな形で受容されているかどうかという問題がある。フーコーにしてもまさにそのように読まれてきた。わが国でいえば柄谷行人がそうである。だが現在のところ吉本の仕事は外国語にほとんど訳されていない。受容という面では少なくとも吉本の思想は世界思想の要件を満たしえていないといえる。したがって私たちには吉本の思想が世界思想の水準に達し得ているかどうかをその思想内容から間接的に類推するしかない。たとえば細見和之のように、言語思想というところに注目して吉本とベンヤミンを結びつけようとするような試みが登場しつつある（細見和之「吉本隆明とベンヤミン」『現代思想』臨時増刊「吉本隆明」所収）し、私自身も吉本の『最後の親鸞』をスピノザの思想とつき合わせてみたいという誘惑にかられることがある。ただこれらはあくまで間接的な類推であって、より直接的な形での世界思想との関係づけは依然として未解決の課題として残っている。

＊

たしかに吉本隆明は「一国的」な思想家だった。竹内好のような意味での「あいだ」に立つ思想家ではなかった。だがそれは吉本が「自同的」な思想家だったことをただちに意味するわけではない。吉本の思想の内部にも「あいだ」は存在したからである。それは「関係の絶対性」と「観念の絶対性」との「あいだ」だった。この「あいだ」に立つことによって、吉本は「観念の絶対性」が党派性という名の先験性へと閉塞していくメカニズムを「関係の絶対性」の側から徹底的に解体しようとした。そして同時に「関係の絶対性」がその内部にはらんでいる幻想性の構造を「観念の絶対性」の側から暴くことによって、「関係の絶対性」が「実感信仰」や「処世訓」のようなドメスティックな現実肯定の論理の口実にされる道を封じようとした。そして吉本は「あいだ」に立つことによって、「関係の絶対性」と「観念の絶対性」という二元対立の構造そのものを脱臼させ、両者の相互相対化のなかからそれぞれの変容可能性の本質的な条件を明らかにしようとした。それは両者のどちらにも一義的に還元出来ない、自らのうちに徹底した自己否定と自己解体（自己相対化）のまなざしを含んだ思考および認識の形を通してはじめて可能となる課題だった。それが「自立」の意味だったのはいうまでもない。

このことをもう少し掘り下げて考えてみたい。竹内好にとって「あいだ」に立つことは、中国と日本というふたつの共同幻想、言い換えればふたつの国家、国民＝民族（ネーション）の「あいだ」に立つことだった。そしてそれは、竹内にとって「あいだ」に立つことが、共同幻想の水準において成立していることを意味する。「あいだ」に立つことが、どちらにも帰属しないこと、それどころか「あいだ」を生み出している両者の関係そのものを脱臼させ解体へと追いやることだとしても、そこから見えてくるのはあくまで共同幻想のレヴェルにおける新たな認識であり思想だった。竹内が彼のアジア論、あるいはその延長線上にあった日本における変革の主体をめぐる議論で、誤解を招きかねない「国民」という言葉を使ったことは（たとえば「国民文学論争」）、それを示している。いうまでもないがこの「国民」は経験的な存在としての国民ではない。それどころか竹内の「国民」概念は経験的な次元で存在する国民と真正面から対立する概念であり、むしろそれを否定するための概念であるといわねばならない。

ただ問題なのは、竹内の「国民」概念が共同幻想のある水準に束縛されていることである。そこには、竹内が彼の思想的座標軸の源泉となる経験を、近代中国が「進んだ」日本によって強いられた忍従と屈辱とそれへの抵抗から得たという事情が関わっている。こういったからといって竹内を貶めようとしているわけではない。それどころか、竹内が、魯迅から毛沢東へといたる、上からの啓蒙＝近代化にではなく、その忍従と屈辱のいわばリミットというべき「無知蒙昧」な中国民衆の存在に逆説的な形でそうした忍従と屈辱への抵抗の主体を発見しようとしたこと、言い換えれば多くの犠牲者たちの血と涙によって贖われてきた中国革命思想のもっとも深い岩盤として「遅れた」中国民衆の存在を掘り当て、それを自らの思想的座標軸として見定めたことは、思想家としての竹内の群を抜いた独自性、固有性の根拠となったといってよい。このことはより具体的にいえば、竹内が、「遅れ」「停滞」の極致という様相を帯びて現われる中国（アジア）を「進んだ」西欧およびそのコピーとしての日本（アジア）に対する抵抗の拠点としたことを、さらには「進んだ」日本（アジア）を変革する主体を形成するための「鏡」、媒介項として「遅れ」と「停滞」の極みにある中国民衆を選び取ったことを意味する。だとするなら、竹内の進むべき道は、この中国（アジア）の「遅れ」「停滞」が強いる忍従と屈辱の経験を徹底的に掘り下げていって、その果てに「進んだ」日本（アジア）の深層に埋没しているはずの「遅れ」「停滞」の核心にあるものへと到達すること以外にはなかったはずである。そこで見出される出会いのなかにしか日本における抵抗と変革のもっとも深い根拠は見出されえないからである。もちろん向きを逆にして考えることも出来る。「進んだ」日本（アジア）という表層の下に埋もれている「遅れ」「停滞」に向かって掘り下げていって、ついに「遅れた」中国（アジア）の根源としての中国民衆と出遭う、というようにである。これは吉本にそくしていえば、いわば「土俗」の坑道を限りなく下降していく過程として現われる。そしてそこから生成してくるのが、中国と日本の「あいだ」の対立の「彼岸」（あるいは「此岸」）に位置する、真の意味での「アジア」の変革主体としての「国民」に他ならない。この「国民」は竹内にとって、日中間の戦争が対アメリカ、対イギリス戦争である「大東亜戦争」に転じるなかで、文字通り「大東亜」、つまり「遅れた」中国と「遅れた」日本の連帯と協同を通して、アジアに忍従と屈辱を強い続けてきた「進んだ」西欧およびそのコピーである「進んだ」日本に対する民族解放戦争の主体として出現すべき（出現しなければならない）主体のあり様だった。中国は一九四九年の革命によってそれを実現した。しかし「大東亜戦争」から敗戦、そして戦後へといたる過程でありうべき日本革命は幻に終り「国民」はついに出現しなかった。その瞬間から竹内にとって中国はより深い意味での日本の鏡となったのである。

だがこうした竹内の思想的座標軸のあり方には大きな代償が伴なった。それは、この「国民」が「土俗」に固着する「遅れた」共同幻想の水準を決して超えられないという代償である。それは裏返していえば、竹内の思想が決して世界思想の尖端性へと到達しえないことを意味する。このことが竹内の中国と日本というふたつの共同幻想の「あいだ」に自らの思想的座標軸を定めた代償に他ならなかった。吉本は竹内について次のようにいう。「竹内好の日本における思想的な悲劇は、けっして中国における魯迅の悲劇ではなく、むしろ毛沢東の悲劇ににている。はじめから世界思想になり得ないことが分かっているわが国と中国の文学と思想の系譜だけをえらんで戦後二十年にわたって懸命に掘りつづけたのである」(「実践的矛盾について 竹内好ii」『自立の思想的拠点』所収 二六一頁)。

では翻って吉本の場合はどうか。吉本の「あいだ」が、「関係の絶対性」と「観念の絶対性」の「あいだ」だったことはすでに述べたが、このことは何を意味しているのだろうか。

「関係の絶対性」は第一義的には経験的現実として現われる。吉本にとってそれは日本の現実に他ならない。一方「観念の絶対性」はそれに対応させていえば、経験的な主観性として現われる。このふたつの経験的なものの水準にある極どうしの「あいだ」が吉本の「あいだ」の客観的位置である。ところで吉本はその「あいだ」を「逆立」と呼んだ。この「逆立」は、一方の極の側に立てば、もう一方の極が消去されるということを意味する。こうした「逆立」の関係は、裏返すとカントのアンチノミーになる。つまりどちらの極もそれ自体としては成立するがゆえに、どちらの極も一方的に他方の極を吸収してしまったり否定したりすることは出来ないということである。ではカントのアンチノミーは両極の相対性を主張しているだけなのだろうか。ここで柄谷行人のカントのアンチノミーについての記述を見てみよう。「カントの方法は主観的であり、独我論的であると非難される。しかし、それはつねに「他人の視点」につきまとわれているのだ。『純粋理性批判』は『視霊者の夢』のように自己批評的には書かれていない。しかし「強い視差」は消えていない。それはアンチノミー（二律背反）というかたちであらわれたのである。それは、テーゼとアンチテーゼのいずれも「光学的欺瞞」にすぎないことを露出するものだ。（……）『純粋理性批判』を出版した後、カントは、同書における記述の順序に関して、現象と物自体という区分について語るのは、弁証論におけるアンチノミーについて書いてからにすべきだったと述べている。（……）物自体はアンチノミーにおいて見出されるものであって、何ら神秘的な意味合いはない。それは自分の顔のようなものだ。それは疑いなく存在するが、どうしても像（現象）としてしか見ることができないのである。したがって、重要なのは、「強い視差」としてのアンチノミーである。それのみが像（現象）でない何かがあることを開示するのだ。カントがアンチノミーを提示するのは、必ずしもそう明示したところだけでない。たとえば、彼はデカルトのように「同一的自己がある」と考えることを、「純粋理性の誤謬推理」と呼んでいる。しかし、実際には、デカルトの「同一的自己はある」というテーゼと、ヒュームの「同一的自己はない」というアンチテーゼがアンチノミーをなすのであり、カントはその解決として「超越論的統覚X」をもちだしたのである」（『トランスクリティーク』八〇～八一ページ）。

この最後に出てくる「超越論的統覚X」は経験的な主観性とは別な何かである。それは、物自体と現象の、「同一的自己はある」ことと「同一的自己はない」ことのアンチノミーの「あいだ」から見出されるものである。このことによってこの「超越論的統覚X」は経験的なものを超える。吉本に戻ると、「関係の絶対性」が経験的現実であり、「観念の絶対性」が経験的主観性であるとき、両者は自然過程である経験の地平においてぶつかりあう。それはある意味平凡な相剋や矛盾の域を出ない。自分では傑作だと思っている原稿を出版社に持ち込んだら冷たくはね返された、というようなレヴェルの話でしかない。だがこの両者の関係を、柄谷のいう意味での「アンチノミー」として捉えたらどうだろうか。そのとき経験的な次元にとどまる「関係の絶対性」と「観念の絶対性」は、ともに「光学的欺瞞」と見なされることになるだろう。逆にいえば、両者の関係を「アンチノミー」として見ることは、経験的なものの地平を超えて存在する「超越論的統覚X」を問うことになるはずである。吉本にそくしていえば、それを問うときはじめて反逆が加担と循環する思想的負性の論理を超えることができるようになる。つまり「関係の絶対性」に対しても、「観念の絶対性」に対しても「強い視差」を加えることによって、それぞれが経験的なものとして現われる際に必然的に帯びてしまう「光学的欺瞞」を暴くことが可能となるのである。「関係の絶対性」についていえば、それは共同的な幻想性の構造であり、「観念の絶対性」についていえば、それはあらゆる「党派性」の構造とその現われである。ではそこに加えられる「強い視差」から見えてくる吉本にとっての「超越論的統覚X」とは何か。それが「大衆の原像」に他ならない。すでに触れたように「大衆の原像」は経験的、現実的な意味での大衆そのものではない。ときに吉本の言い方があいまいで「大衆の原像」が実体として受け取られかねない場面もないわけではないが、原理的には「大衆の原像」は「関係の絶対性」と「観念の絶対性」の「あいだ」から、両者の「アンチノミー」を通してのみ見出される経験的なものを超えた何か、「超越論的統覚X」なのである。

このように見てきたとき、吉本の仕事が「関係の絶対性」と「観念の絶対性」の「逆立」(=アンチノミー)を見定めた「マチウ書試論」から始まり、「観念の絶対性」の帯びる「光学的欺瞞」としての「党派性」を解体・止揚しようとした「転向論」を含むプロレタリア文学批判から『模写と鏡』、『自立の思想的拠点』へと進む仕事があり、ついで「関係の絶対性」の「光学的欺瞞」の根源をなす幻想性の原理と構造についての解明を目ざした、『カール・マルクス』におけるマルクス自然哲学における幻想性の枠組みの把握を出発点とする『言語にとって美とはなにか』『心的現象論』『共同幻想論』への道が存在したことは、吉本の思想的軌跡の見事なまでの一貫性の証明といえよう。そしてそれらの仕事の光源となってきたのが「超越論的統覚X」としての「大衆の原像」――はっきりとこの言葉が使われていない場合でも――だったのである。吉本の思想的座標軸としての「あいだ」は基本的にはこのようなものであったと考えることができるだろう。

おそらく戦後日本の思想状況において吉本隆明と竹内好はもっとも本質的な意味で相補的な関係にある思想家である。吉本自身も「土俗」への下降を志向しなかったわけではない。しかし吉本の「あいだ」は、その光源が「大衆の原像」にあるにもかかわらず、いやむしろ「大衆の原像」が経験的なものではなく、「超越論的統覚X」であるがゆえに、思考に対して「土俗」から反転して「尖端」を目ざすことを促す。つまり竹内と違って、吉本の「あいだ」は共同幻想の軛から離脱して超越論的に世界を問う構えを本質的な意味で含んでいるということである。七〇年代以降、共同幻想の構造に弛緩と融解が起こるのと平行して、吉本の思考が一気に世界思想の尖端性を目ざすようになった本質的な理由はここにある。ここで吉本の思考から「土俗」の水準に固執すべき理由が消えたのである。もちろんそこには盲点も存在すると言わねばならない。先進社会である日本を離れて世界に目を向ければ、消費資本主義の高度化とともに生じた共同幻想の弛緩と融解の下方に、依然として土俗的な共同幻想の水準がはりついており、そこでは貧困や差別、憎悪の契機が渦巻いていることは明らかだからである。このことを、吉本の「あいだ」は尖端性への志向ゆえに見落としがちだった。それを補うことができるのはもうひとりの「あいだ」の思想家竹内だけである。

ここであらためて最後に確認しておかなければならないのは、竹内の「国民」も、吉本の「大衆の原像」もけっして経験的な実体ではないということである。さらにいえばそれらは、現実の国民や大衆の前提となる「本質」や「起源」でもない。竹内の「国民」も、吉本の「大衆の原像」も、「あいだ」に立つこと、言い換えれば経験のただ中にありつつそれへと「強い視差」を働かせることによって後から見出される何か、すなわち「超越論的X」であり、経験的なものが囚われている「光学的欺瞞」を暴くための認識論的光源なのである。これまで竹内や吉本が土着主義者であるとか素朴大衆主義者であるとか誤って理解されてきたのは、竹内の「国民」や吉本の「大衆の原像」の持つこうした意味を理解できず、もっぱら経験的、実体的に捉えてきたからだった。この誤解を解くことが、竹内や吉本の思想を本質的な意味で把握するための前提となる。

すでに引用からも明らかなように今第三の「あいだ」の思想家柄谷行人がいる。その意味では彼の仕事は本質的なところで竹内と吉本の仕事を受け継ぐものだと考えてよい。たとえ中身や形式が大きく違っていても、である。

＊

私には、今まで見てきた吉本の思想的営為を窮極的な形で結晶させているのが、『最後の親鸞』のなかにある次のような言葉であると思える。「〈知識〉にとって最後の課題は、頂きを極め、その頂きに人々を誘って蒙をひらくことではない。頂きを極め、その頂きから世界を見おろすことでもない。頂きを極め、そのまま寂かに〈非知〉に向かって着地することができればというのが、おおよそ、どんな種類の〈知〉にとっても最後の課題である。この「そのまま」というのは、わたしたちには不可能にちかいので、いわば自覚的に〈非知〉に向かって還流するほか仕方がない」（『最後の親鸞』ちくま学芸文庫版 一五頁）。

この言葉は、吉本にとって、レオナルド・ダ・ヴィンチの「モナ・リザ」、フェルメールの「真珠の耳飾の少女」、モーツァルトの「クラリネット協奏曲」のようなものだと思う。いっさいの侠雑物を削ぎ落とした後に残るこれ以上ないほどに純粋な思考の結晶体がそこに具現しているからだ。このような純粋な思考の結晶体と、そこから余滴のようにこぼれ落ちる吉本の思考の繊細なニュアンスが、世界思想における吉本の思想的水準というような問題とはたして結びつきえるのか、結びつくとするならばそれはどのようにか、という課題は依然として未解決なまま残るような気がする。もしかするとそれはもうどうでもいい課題なのかもしれない。というのも、私にとって吉本の思想のなかで最後まで愛惜おくあたわざるものが残るとすれば、それはこのような結晶体からこぼれ落ちる余滴というべき思想家吉本の息づかい、体温の温もりのようなもの以外にはないからである。

吉本隆明年譜

・一九二四年東京生まれ。
・米沢高等工業学校、東京工業大学電気化学科卒業
・学生時代から詩作を始める。一九四七年詩集『固有時との対話』、一九四八年詩集『転位のための十篇』刊行。さらに一九四九年新約聖書のマタイ福音書を扱った「マチウ書試論」発表。戦争責任問題を中心に日本マルクス主義者批判の論文を書き始める。
・一九五六年『文学者の戦争責任』(武井昭夫との共著)刊行
・一九五七年日本モダニズムがなぜ天皇制に敗北したかを追求した『高村光太郎』刊行
・一九五九年『藝術的抵抗と挫折』『抒情の論理』を刊行。「転向論」が注目される。
・一九六〇年転向評価をめぐる花田清輝との論争を柱とした『異端と正系』刊行。安保闘争に参加。六月一五日の国会前の最大の闘争の際に逮捕される。
・一九六一年同人誌『試行』創刊(一九九七年まで。最初は谷川雁・村上一郎と共同編集。後に吉本単独編集)。同誌に『言語にとって美とはなにか』を連載(一九六五年単行本刊行)。
・一九六二年安保闘争総括の書『擬制の終焉』刊行
・一九六四年から六六年にかけては吉本の思想形成にとってもっとも重要な時期だった。『言語にとって』をはさみ『模写と鏡』『カール・マルクス』『自立の思想的拠点』を相次いで刊行。言語論、大衆論、自立思想および幻想論(宗教―法―国家および対幻想・個体幻想)を骨格とする吉本の

思想体系がほぼ固まる。

・一九六八年世界的に学生・青年反乱運動が高揚。日本でも第二次安保闘争と大学闘争が展開される。そのさなかに吉本の主著『共同幻想論』刊行。

・一九七一年『試行』に連載されていた個体幻想を扱う『心的現象論』の「序説」の部分を刊行。なおこの時期の日本の最大の政治的課題だった沖縄問題をめぐり「南島論」講演が行われた（一九七〇年）。さらに吉本の仕事の重要な柱である古典論の最初の成果『源実朝』刊行。

・一九七六年吉本がずっと関心を抱き続けてきた親鸞の宗教思想の問題を論じたもうひとつの主著というべき『最後の親鸞』刊行。

・一九七七年日本の古代における詩の発生を扱った『初期歌謡論』刊行

・一九八〇年ミシェル・フーコーとの対談『世界認識の方法』刊行

・一九八四年から八五年にかけて日本社会および文化に浸透するサブカルチュアの問題を扱った『マス・イメージ論』『重層的な非決定へ』を相次いで刊行。

・一九八九年から九四年にかけて『共同幻想論』の新たな展開と吉本自身によって位置づけられる『ハイ・イメージ論』全三巻刊行。

・一九九五年幻想性の起源を胎児段階からたどろうとする『母型論』刊行。その後も執筆活動を続け現在に至る。

あとがき

本書は、戦後日本の思想界において独自な地歩を占めてきた吉本隆明という思想家について主として時系列に沿いながらその軌跡を明らかにしようとしたものである。じつは『現代思想』臨時増刊号「吉本隆明」（二〇〇八年八月）に掲載された『共同幻想論』についての論考を除き第一部の大部分を私はドイツのライプツィヒで執筆した。二年前、勤務先の大学から一二年ぶりとなる二〇一〇年度の在外研究期間をもらうことが出来た。それに伴なってどこで在外研究を行うかを決める必要が生じた。そのとき脳裏に浮かんだのが、故廣松渉先生が主宰されていた社会思想史研究会の仲間であり、河合塾予備校でいっしょに働いたこともある知友小林敏明氏が教授を務めるライプツィヒ大学東アジア研究所だった。一九八五年の夏、まだ旧東ドイツが存在していた時代にライプツィヒでドイツ語夏期講習会を受講したことがあり、町自体になじみがあったこともライプツィヒにしようと思った理由のひとつだった。小林氏を通じて東アジア研究所に受け入れをお願いしたところすぐに許しが得られたので、二〇一〇年三月末から二〇一一年三月末までのライプツィヒ滞在が決まった。二〇〇九年度の卒業式を終えた翌日（二〇一〇年三月二六日）日本を発ってライプツィヒに到着してからいよいよライプツィヒでの生活が始まった。日々の講義、演習、細々した実務上の仕事、断続的に舞い込んでくる原稿執筆や講演、講座のたぐいでのおしゃべりの依頼など日本にいるときの駆り立てられるような忙しさから解放され、恵まれた環境のなかでし残していたアドルノの翻訳の仕事（『ヴァーグナー試論』作品社より近日刊）に集中して取り掛かることが出来たのは大きな喜びだった。その一方東アジア研究所からの依頼で一時間だけ日本に関する講義を持つことになり、日本学科の学生たちを相手に戦後日本思想史の話をすることになった。前期は総論風にしゃべったのだが、後期はもう少し焦点を絞った話しを、と考え、まだドイツで翻訳を含めた紹介がほとんど行われていない吉本隆明を取り上げることにした。最初はごく概説的な紹介のつもりだったのだが、講義の準備のための吉本のテクストの読み直し、さらに講義のなかで学生たちとテクストの内容の詳細な検討を行っているうちに我知らず自分のほうから吉本の世界へとのめりこんでいった。本書のそもそものきっかけとなったのはその講義ノートである。さらに一二月に日本から柄谷行人氏他を招いて開催された日独米の研究者による近代日本思想史シンポジウムで吉本について報告することになり、その準備が加わった。ライプツィヒ滞在の後半はこうして好むと好まざると吉本隆明が中心テーマにならざるをえなくなっていった。そこでこの機会にと、講義ノートとシンポジウム報告原稿をもとにして本書のもととなる原稿をまとめる作業を一気呵成に行った次第である。この過程で、小林敏明氏と交わした論点の明確化と深化をめぐる突っ込んだ議論から多くの有益な教示を得ることが出来た。とくに精神分析の専門家でもある小林氏から指摘された、「対幻想論」の位置づけを軸にしながら『共同幻想論』とフロイト理論の関係を明らかにするという課題は本書の重要な柱となっている。また同時期に、小林氏の新著『〈主体〉のゆくえ』（講談社選書メチエ）の書評（『図書新聞』掲載）を行い、西田幾多郎、三木清、京都学派の「世界史の哲学」、戦後主体性論における「主体」の位相を問おうとした同書の内容を詳細に検討したことも直接間接に本書の内容に影響を残していると思う。あらためて小林氏に深く感謝申し上げたい。

本書は資料の絶対的な不足状態のなかで執筆された。とくに多くの吉本隆明論は参考にすることがほとんど出来なかった。また少なくとも書き始めた時点では公の形で出版することも考えていなかった。そのため多々強引な点や不足している点はあると思うが、かえって枝葉の部分にかかずらうことなくいちばん書きたかったこと、言いたかったことだけを凝縮して表現できたようにも思う。

本書で私がいちばん伝えたかったのは、吉本がその出発点である「マチウ書試論」以来一貫して「関係の絶対性」と「観念の絶対性」の「逆立」という主題を追い続けてきたということである。それは『共同幻想論』という幻想性の構造についての原理的考察にまで到りつく。また吉本がこうした原理的なテーマに基づきながらそのつどの具体的な状況にどのように関わろうとしたのかを明らかにするという一種の知識社会学的問題も本稿の主要なテーマのひとつだった。理論の持つ本来の意味での実践性とは、たんに理論を特定の実践に適用するということだけではなく、むしろ理論が現実との激突のなかでそれぞれの特定化された状況に向かってどう物質化されどう受容されていったたか、あるいはそれがふたたび理論に還ってきてどう理論自身をつくり変えていったかということのうちにある。そうした意味で吉本は極めて実践的な思想家だった。ただ私には吉本の思想家としての実践性がふつう考えられるように、吉本の名を高からしめた幾多の「論争」や、安保闘争への参加というようなところにあるとは思えなかった。むしろ重要なのはそれらの「事件」の後であった。そうした論争や政治参加の後に、その経験を受けて吉本がみずからの理論をどのように再構成しなおしたかが重要だと考えられたからである。その意味で吉本の思想的軌跡のなかでもっとも注目しなければならないのが、「花田・吉本論争」と安保闘争への参加の「後」に位置する一九六三年から六六年にかけての時期である。ここで吉本はそれらの「事件」から受けとったものを徹底的に咀嚼し練り直した上で、「幻想論」という形で自らの原理的な思想体系にまで再構成していったのである。『カール・マルクス』『模写と鏡』『自立の思想的拠点』、そして『言語にとって美とは何か』によって代表されるこの時期の吉本の仕事こそが吉本の思想の核心を創ったといってよい。こうした思想や理論と状況との実践的な関わり、より端的にいえば「渡りあい」にこそ思想家吉本の真髄が存在するのだと思う。

吉本の思想の軌跡を辿り終えて思うのは、今日本の状況においてなにより必要なのが、吉本の行ってきたこのような真の意味での思想的、理論的実践なのではないかということである。思想、理念の原理的射程やそれに裏打ちされたトータルな想像力・構想力を欠いたまま、いたずらに個々の状況へと刹那的に対応することだけを「実践的」だと思いこんでいる「ワイドショー・コメンテーター」のような多くの「思想家」たちを見るにつけそんな気がする。

もう一点だけつけ加えておけば、私が本書をまとめる過程で得られた最大の収穫は、吉本が竹内好とともに「あいだ」に立つ思想家であることを見出せたことだった。かつて戦後日本の思想的マジョリティだった丸山眞男をはじめとする進歩主義者たちは、このふたりの思想家のラディカルな戦闘性を自己の出自や体験への頑迷な固執と誤解して、土着主義者や民族主義者、はなはだしい場合には三島由紀夫などと同じ右翼ファシストとして片付けてしまった。そこには戦後思想がかかえていた陥穽がよく現れている。そうした吉本と竹内への無理解は、けっきょく進歩主義者たち自身が開明性のポーズの裏側に閉鎖的な固陋さを抱えていたことの裏返しに過ぎなかった。彼らはいわばそうした固陋さという自分の甲羅に似せて穴を掘っただけにすぎなかったというべきである。彼らの進歩主義がいかに脆弱なものでしかなかったかが、より端的にいえば欺瞞に満ちたものだったかが露呈したのは六〇年代末の学園闘争の過程だった。そしてその後の日本の状況がたどっていったのは、彼らの権威の解体が次第に理念や思想そのものの解体へと突き進み、理念なき時代のもとでなし崩し的な現状肯定が心情や気分として瀰漫していく過程だった。

今ふり返ってみると、吉本と竹内が進んでいったのは、いかなる先験的な立場にも自己を還元することなく、またそうした立場どうしの虚構の対立に関与することもなく、むしろそうした対立そのものを根底から止揚することによって真に解放的な認識と実践の平面を切り拓いていこうとする道だった。それは、徒党にもたれかかることも、出来合いの理論や外国の理論に頼ることもなく、どこまでも単独者として独力で思想的な実践を持続させるという危難に満ちた道でもあった。本書を書き終えて私のなかを去来するのは、こうした道を歩きとおす以外のどこに思想が真の意味でアクチュアルになりうる場があるのかという感慨である。吉本と竹内が私たちに教えてくれたのは何よりもそのことだった。まことに「危機の存在するところ／また救いも育ちゆく」（ヘルダーリン）のである。

こうした吉本の読み方にはおそらく、私がライプツィヒで行った柄谷行人の『日本近代文学の起源』および『トランスクリティーク』の詳細な再検討、そして新著『世界史の構造』の書評、さらには柄谷への応答の書というべきスラヴォイ・ジジェクの『パララックス・ヴュー』の書評を通して得られた視座が大きな影を落としているはずである。それはジジェクの書名にも使われている「パララックス・ヴュー」、つまり「強い視差」によって対象を見ようとする視座である。これによって私は従来ともすれば一国性ないしは閉鎖的な自同性からのみ読まれてきた吉本をいわば「トランスナショナル」に読む可能性を与えられたのだった。もちろん本書における議論はまだその端緒にすぎないが少なくとも今後吉本を読む上でこうした方向性が不可欠であることは明らかにしたつもりである。

今私たちを取り巻く言説状況にはあたりさわりのない言葉だけがあふれかえっている。みなできるだけ傷つかないですむ安全地帯から発言しようとする。だから言葉は処世訓、成功譚か情報のノウハウのたぐいになってしまうのだ。現実との激突から切り離されたせまい実感や逆に何の経験的支えもない知識だけの範囲で語るのがいちばん安全だからだ。その結果、状況のもっとも核心の部分に存在する切実であるはずの問題、たしかに触れればそれ相応の跳ね返りを覚悟しなければならないかもしれないが、触れずにすますことは許されないはずの問題がいちばん触れてはならないタブーになってしまうのだ。

たとえば日米安保条約によって支えられている日本の「安全」と「繁栄」が、じつは奴隷状態への安住、判断停止への居直りにすぎないという問題がある。さらには明治期以来の日本のアジア侵略の過程で形成された夜郎自大なナショナリズムがそうした奴隷状態の裏返しでしかないという問題もある。たとえば日米安保体制をかつての日英同盟の、さらには日独伊三国同盟の反復と考えることは出来ないだろうか。そう考えるときはじめて、近代以降の日本が意識的にか無意識的にか「帝国主義」的にしか思考しえてこなかったという事実が明らかになるのである。近代日本の歴史とは、「帝国主義」下の同盟関係という名の奴隷的な呪縛状態によって「安全」と「繁栄」が保証されるという錯覚を反復してきただけに過ぎなかったのではないか。もしそうだとするなら、そうしたことに触れず日本民族の「誇り」を、だとか、領土問題に毅然たる態度を、などと叫んでいる手合いは二重三重の錯誤、無知蒙昧をさらけ出しているだけである。いや、むしろいちばん肝心なことに触れないで景気のいいことだけをいっている卑怯者、怠け者といったほうがいいかもしれない。そういう連中は日米安保体制によって私たちが強いられている奴隷状態を廃棄した上で、中国やロシアに勇ましいことをいう勇気などはなっから持っていないに決まっている。

吉本と竹内は違っていた。率直にいって彼らの言葉や行動にはしばしば錯誤や逸脱が存在した。それが深刻な波紋を呼んだこともあった。しかしそれは、自らの言葉や行動を通じて自分が傷だらけになり血まみれになることを彼らがあえて厭わなかったのを示している。真に状況や時代を動かすことが出来るのは、そうした悪戦の中から生まれてくる言葉だけである。それは同時に思想や言葉が本来備えていなければならない理性、あるいは「思考する」態度がどのようなものであらねばならないかを私たちに指し示しているともいえる。

私事になるがライプツィヒにいるあいだに六〇歳を迎えた。それは、いつのまにかわが師廣松渉の亡くなった年齢に自分が達してしまったことを意味する。加うるに、自分が影響を受けたほとんどの思想家たちの年齢を上まわるか、その年齢に達しつつあることにもあらためて感慨を催さざるを得ない。ヘーゲルが亡くなったのは六一歳、マルクスは六五歳だった。夏目漱石や森鷗外の亡くなった年ははるかに超えてしまっている。デカルトの年もベンヤミンの年も超えてしまったのはずいぶん前になる。アドルノの亡くなった六六歳もすぐにやってくる。何か「こうしてはいられない」というような焦燥感が突き上げてくるのを感じる。そしてこれからは出来るだけ「ほんとうのこと」だけを言い続けなければならないのを痛感する。もちろんそれは「自虐史観」によって隠されてきた「ほんとうのこと」を言うなどということとはまったく無関係なことである。むしろ「ほんとうのこと」を隠しているのはそうした「自虐史観」といった言説によってつくり出された虚構の「物語」のほうである。「日本」という存在を国家と一体化した上で自明化し「愛国」を叫ぶような徒輩に対して言いたいのは、いったい君らのいう「愛すべき日本」とは何なのか、ということだ。そうした徒輩がしばしばよりどころとする現在の天皇制は、明治近代に入ってから捏造された虚構の制度に過ぎず、いかなる意味でも「日本」の「起源」などではありえない。むしろ私たちが見なければならないのは、近代国民国家としての「日本」を創出しなければならないというそれ自体虚構でしかない欲望の実現のために、土俗的な未開段階に属する神権首長制の残滓にすぎない天皇の存在を利用したという二重の虚構、二重の欺瞞なのだ。象徴天皇制によってそれが解消されたなどという議論もまた虚構にすぎない。もし和辻哲郎が言うように古代から天皇制は象徴天皇制だったとするならば、驚くべきなのは明治政府が近代国家建設のためにそのような土俗的未開性を積極的に利用し、それが現在もなお続いているという事実のほうなのだ。誤解がないように言っておくが、それはより近代化を進めよという意味などではまったくない。天皇制という「起源の物語」やそれに基づいた「日本」の正統性の弁証にはとほうもない虚構、欺瞞が含まれているということを指摘したいだけなのだ。そしてこの虚構、欺瞞に近代「日本」の歴史において対応しているのが「琉球処分」と「韓国併合」によって始まったアジア侵略の歴史であり、さらには戦後の日米安保体制であった。それが強いている夜郎自大と奴隷状態の表裏一体性、そしてそれにあぐらをかいている判断停止の状況を放置したまま「日本」という存在を自明視することなど出来ようはずもないことは幼稚園児でも分かる理屈である。なによりも日本の侵略の犠牲になった多くのアジア・太平洋戦争の死者の名において、あるいは「日本」の下でその存在意味・根拠を強制的に奪われてきた朝鮮半島、台湾の民衆の名において、さらにはアイヌの人々、沖縄＝琉球の人々、そして被差別部落の人々の名において、そんな虚構、欺瞞を断じて許してはならないのだ。この問題にあえて踏み込まない限り真の思想、真の言葉が始まることはありえない。

私たちが吉本隆明や竹内好から学ぶべきなのは「ほんとうのこと」を言い続ける勇気である。「真実を口にすると世界は凍るという妄想」を抱き続ける意志である。本書を書いたほんとうの理由はそのことの確認にあったというべきである。たしかに戦後思想はそのうちに幾多の虚偽や錯誤を含んでいた。そしてそれが戦後という時代のはらんでいた虚構や欺瞞に根ざしていたことも間違いのない事実である。その意味では戦後批判はわたしたちにとって不可避な課題といわねばならない。だが戦争による膨大な犠牲のはてに出現した戦後という時代においてはじめて、そうした戦後批判の言説を含め「ほんとうのこと」を口にする条件が生じたこともまた事実なのである。それはたんに検閲や言論統制がなくなったという理由だけではない。敗戦から戦後への過程において、日本はじめていっさいの前提を持たない、いわば思考の零度というべき地点から思想が形成される可能性を得たのである。それはある意味でヨーロッパの一七世紀とよく似ている。ヨーロッパの一七世紀もまた中世的宇宙観・世界観が崩壊する思考の零度状況の中から、はじめて真の意味で自立した思想の生まれる可能性が生じたのである。一七世紀に輩出したホッブズ、デカルト、パスカル、ライプニッツら近代ヨーロッパ思想の祖というべき思想家たちの名前を想起すれば明らかであろう。彼らの思想にたとえ批判される諸点が含まれていようとも、彼らが思考の零度状況から自前の思想をつむいでいった事実だけは否定することが出来ないのである。日本の戦後もまた本来はそのような時代であらねばならなかったし、そうなる可能性を含んでいた。少なくともそうした意味での戦後のレゾン・デートルだけは否定されてはならなかったのだ。

だがそうした戦後という時代のもっとも本質的な歴史的性格は現実の戦後過程の中で無惨にも扼殺されてしまった。保守派はもとより戦後左翼も進歩派もよってたかってその扼殺に手を貸したのだった。彼らは、「日本」や「社会主義」や「平和と民主主義」といった出来あいの概念、イデオロギーが、あるいはそれと一体化している自分たちの虚構にすぎない主体の同一性、持続性が傷つくことを極度に怖れていただけだったのだ。彼らは、敗戦がもたらしたあらゆる前提条件の解体、さらにはそれによって生じる社会や主体の亀裂、剝離にあえて身を委ね、すべてが零度に還元されるところから自らの思考を出発させるための勇気を持ち得なかったのである。それは、六〇年代末から七〇年代にかけての政治闘争や学園闘争の場で、私たちの前にひたすら管理者、弾圧者としてしか登場し得なかった彼らの姿を見れば明らかである。彼らには「ほんとうのこと」を言い続ける勇気も能力もなかったといわねばならない。

今振り返れば「六八年」とはこうした戦後への虚偽性への根源的な異議申し立て、反乱に他ならなかった。その意味では、「ほんとうのこと」を言おうとしない戦後思想の担い手たちが反乱の主要な標的となったのはある意味当然だった。そしてそうした戦後の虚偽性を免れて「ほんとうのこと」を言い続けた吉本隆明、竹内好、埴谷雄高ら少数の思想家たちが「六八年」の状況の中で注目をあびたのも当然だったといってよいだろう。

今時代はその当時よりさらに拡散と不透明性を増している。だが幸いに今私よりずっと若い世代の中から真摯に、かつ原理的なレヴェルから私たちの状況を問おうとする仕事が続々と登場しつつある。私が二〇〇〇年以来約一〇年にわたって担当している『出版ニュース』誌の月一回の書評欄を中心にして出会った田崎英明、熊野純彦、田中純、酒井隆史、道場親信、大竹弘二、吉田寛、白井聡、國分功一郎らの仕事は私にとって大きな触発であり励ましであった。ともすればペシミスティックになりがちな今の日本の状況の中にあって彼らの仕事は文字通り暗夜の道しるべともいうべき希望のよすがといえる。だからこそ彼らにはぜひ吉本や竹内の仕事が戦後日本の思想状況のなかで占めてきた位置や意味をしっかりと受け継いでもらいたいと思うのだ。本書が微力ながらそれに寄与しえたならこれにすぐる幸せはない。

本書は今まで私が書いたもののなかでいちばん刊行を切望したものだった。吉本隆明との格闘を通して見えてきたものをぜひ若い世代の読者と共有したいと思ったからである。さいわい前著『ヴァルター・ベンヤミン解読』に引き続き社会評論社の松田健二氏が本書の刊行を快諾してくださった。松田氏のご好意に深く感謝申し上げたいと思う。またドイツと日本とのあいだでの資料のやりとり、社会評論社への仲介などをサポートしてくれた沢村美枝子氏にもこころより御礼申し上げたい。すでに吉本隆明の『最後の親鸞』における親鸞像と、同時にそこから見えてくる「最後の吉本隆明」の境位とについて論じようとした『吉本隆明と親鸞』も社会評論社から刊行されているが、そちらのほうは本書に比べより主観的なスタイル、内容を含んだ著作になっていると思う。本書が目ざしたのは、今後吉本が読まれる上で前提となるはずの概念や論理の再構成であった。つまり本書は「吉本思想の公共的理解および応用」のための土台づくりを目ざしているといえよう。それに対して『吉本隆明と親鸞』はより主観的なかたちで、私が吉本思想の核心と考えているものを直截的に語ろうとしている。私が四〇年を超える吉本への親炙を通して得たものはこのふたつの対照的なアプローチをどうしても必要としていた。併せてお読みいただければ幸いである。

二〇一一年四月二八日

高橋順一

高橋順一（たかはし・じゅんいち）

1950年宮城県生まれ。早稲田大学教育・総合科学学術院教授。専攻思想史。2010年４月から１年間ライプツィヒ大学東アジア研究所客員教授。

立教大学文学部ドイツ文学科卒業。埼玉大学大学院文化科学研究科修士課程修了。

主要著作は『市民社会の弁証法』（弘文堂)、『ヴァルター・ベンヤミン』（講談社現代新書)、『響きと思考のあいだ―リヒャルト・ヴァーグナーと一九世紀近代』（青弓社)、『戦争と暴力の系譜学』（実践社)、『ヴァルター・ベンヤミン解読』（社会評論社)、『吉本隆明と親鸞』（社会評論社)、『ニーチェ事典』（共編著　弘文堂）ほか。

翻訳にベンヤミン『パサージュ論』（全５巻、共訳、岩波現代文庫)、アドルノ『ヴァーグナー試論』（作品社近刊）がある。

雑誌『情況』編集委員。「変革のアソシエ」共同代表。

吉本隆明と共同幻想　Auslegung Yoshimoto Takaakis Ⅱ

2011年９月15日　初版第１刷発行

著　者：高橋順一
装　幀：長谷部純一
発行人：松田健二
発行所：株式会社社会評論社
東京都文京区本郷2-3-10　☎ 03(3814)3861　FAX 03(3818)2808
http://www.shahyo.com
製　版：スマイル企画
印刷・製本：倉敷印刷

高橋順一【著】

吉本隆明と親鸞

Auslegung Yoshimoto Takaakis I

『最後の親鸞』において、吉本隆明という一思想家の最後の思想的位相が、鎌倉期の一仏教思想家・宗教者としての親鸞の最後の思想的位相に見事というほかない形で重ねあわされて表現されている。

第一章　鎌倉仏教の誕生――像から言語へ
第二章　吉本隆明は親鸞をどう読んだか――往相と還相
第三章　『最後の親鸞』という場所――〈信〉という空隙

四六判並製／２２４頁／定価＝本体１８００円＋税

高橋順一【著】

ヴァルター・ベンヤミン解読

希望なき時代の希望の解読

プロローグ　ヴァルター・ベンヤミンの肖像
第一部　ベンヤミンの思考の軌跡と諸断面
第二部　思考のアクチュアリティ
第三部　ベンヤミンの思想的周辺

Ａ５判上製／３３８頁／定価＝本体３７００円＋税

ルートヴィヒ・ヴィトゲンシュタイン【著】　木村洋平【訳・注解】

『論理哲学論考』対訳・注解書

『論考』の全文について，原文・対訳と、その詳細な解説を見開きに掲載。数々の例と比喩で、ヴィトゲンシュタインの思考の生理を伝える。初めて読む人とすでに原文を読んだ人、双方のために——。

A5判並製／376頁／定価＝本体2600円＋税

楠秀樹【著】

ホルクハイマーの社会研究と初期ドイツ社会学

二つの世界大戦、ロシア革命、ナチズム迫害、亡命、この激動の時代。フランクフルト学派の創始者の社会思想の原型。

緒論　研究の主題、既存研究の概観、本研究の位置
第1章　ホルクハイマーの「経験」
第2章　ホルクハイマーの哲学修業期
第3章　ホルクハイマーの社会の理論と知識社会学
第4章　ホルクハイマーの社会研究と初期ドイツ社会学

A5判上製／234頁／定価＝本体3200円

片桐幸雄【著】

スラッファの謎を楽しむ

『商品による商品の生産』を読むために

二〇世紀の経済学の巨人・ピエロ・スラッファの代表作を推理する。謎を考える過程で、スラッファが新古典派どう批判しようとしたか（あるいはリカードからマルクスまでをどう復活させようとしたか）について、自分で考えるようになる。それこそが、経済学の教科書化を克服するための最も有効な方法だともいえる。

A5判上製／280頁／定価＝3400円＋税

アドリアーノ・ティルゲル【著】　小原耕一・村上佳子【訳】

ホモ・ファーベル

西洋文明における労働観の歴史

人間の本質はHomo Faber（ものを作る人）か？　一九年恐慌の直前に刊行された古代ギリシャ・ローマ文明から現代文明にいたる労働観の変遷。ハンナ・アーレントは本書が孕む問題性を『人間の条件』で深く論究した。著者はグラムシと同世代で、ファシズムの台頭と支配確立にいたる激動の時代を生きた思想家。クローチェ、ベルクソンなどの影響をうけながら、独自の哲学大系を創りあげた。

四六判上製／232頁／定価＝本体2700円＋税